村岡花子童話集

たんぽぽの目

村岡花子 文

高畠那生 絵

河出書房新社

村岡花子童話集　たんぽぽの目　目次

目次

村岡花子童話集

たんぽぽの目

利口な小兎

ある日《ひ》のこと、可愛《かわい》らしい小兎《こうさぎ》が海《うみ》べの砂《すな》の上をピョンピョン跳《と》んでおりますと、鯨《くじら》と象《ぞう》が顔《かお》を突《つ》き合《あ》わせてなにか相談《そうだん》をしていました。そこで小兎は小《ちい》さなからだをなおのこと小さく丸《まる》めて松《まつ》の木《き》の陰《かげ》に隠《かく》れて聞《き》きましたところが、こういう相談でした。

「おい象くん、君《きみ》は陸《おか》の上では一番《いちばん》からだが大きいんだろう」と鯨が言いますと、

「そうだ。僕《ぼく》にかなうものはないよ」

「僕のほうはねえ、象くん。海では第一番の大きなからだなんだ。だから君と僕が同《どう》盟《めい》すりゃ、世界《せかい》じゅうで一番偉《えら》くなるよ。世界じゅうのことはなんでも君と僕の思《おも》うとおりになるね」

「なるほど鯨くん、君の言うとおりだ。同盟しよう。これから君と僕は兄弟分《きょうだいぶん》になっ

て、海と陸と両方《りょうほう》のちっぽけな奴《やつ》らをいじめてやろうよ」

「愉《ゆ》快《かい》だなあ」

相談が決《き》まりますと象はのそりのそりと帰《かえ》っていきました。

松の木の陰でこの相談を聞いていた小兎は、可愛らしい小《こ》首《くび》をひょっと引《ひ》っ込《こ》めて、

「僕はあんな奴らの家《け》来《らい》になんかならないぞ」と言いました。

どこへ行くのか小兎は、ピョンピョンピョンピョン飛《と》びだしました。


やがて長《なが》い長《なが》い縄《なわ》を一本《いっぽん》と大《おお》きな太鼓《たいこ》を抱《かか》えてきましたが、太鼓は藪《やぶ》の奥《おく》のほうへ隠《かく》して、縄だけ持って鯨のところへ行きました。

「もしもし鯨様《くじらさま》、お願《ねが》いがございます。ここからずーっと向《む》こうの泥道《どろみち》へ牛《うし》が足《あし》を入《い》れてしまって動《うご》けなくなって困《こま》っております。あなた様のお力《ちから》で、あの可哀相《かわいそう》な牛を助けていただきたいのでございます」

「よろしい。すぐ引《ひ》っ張《ぱ》りだしてやろう」

「それで鯨様、誠《まこと》に失礼《しつれい》でございますが、この縄をあなた様のおからだに結《ゆ》わきつけ

させていただきます。それからこっちの端《はし》をあの牛のからだに結《ゆ》わきつけまして、すっかり用意《ようい》ができましたら、私があちらで太鼓《たいこ》を打《う》ちますから、太鼓の音と一緒《いっしょ》にあなた様のお力いっぱい引《ひ》っ張《ぱ》ってくださいませ。牛《うし》のやつ、それはそれは深《ふか》く泥《どろ》の中へ足《あし》を入れておりますので、なかなか抜《ぬ》けないと思います」

鯨《くじら》は、

「アハハハハ……、なあに角《つの》の先《さき》まで泥に浸《つ》かっていたって俺《おれ》の力《ちから》ならひと引《ひ》きさ」と威張《いば》りました。

小兎《こうさぎ》は鯨のからだに縄《なわ》を結わきつけ、一方《いっぽう》の端《はし》を口《くち》にくわえて象《ぞう》のところへ行きました。

「お情《なさ》け深《ぶか》いお象様、私の友達《ともだち》の牛が泥《どろ》の中《なか》へ足《あし》を入《い》れてしまいまして、どうしても抜《ぬ》けないで困《こま》っております。誠《まこと》に恐《おそ》れいりますが、あなた様のお力で、あのう……」

「よしよし、もうわかった。わしの力でひと引き引いてくれと申《もう》すのだろう？」

「はい。この縄をちょっとそのお鼻《はな》の先のほうへ結《むす》びつけさせていただきとうございます。片一方《かたいっぽう》の端《はし》は牛の方に結びつけてございますから、私が大太鼓《おおだいこ》を打つのを合図《あいず》に、ありったけのお力でお引っ張りくださいませ」

小兎は象の鼻の先に縄をしっかり結びつけました。それから藪《やぶ》へ飛んでいきまして用意《ようい》の太鼓を思いっきり強く、力いっぱいに、ドーンとひとつ叩《たた》きました。

その太鼓の音を聞くと、鯨と象がどちらも力いっぱい縄を引きはじめました。鯨と象の綱引《つなひ》きで両方《りょうほう》とも恐《おそ》ろしい力で引っ張るのですから一足《ひとあし》だって弛《ゆる》みません。

「馬鹿《ばか》に重《おも》たい牛だなあ」

陸《おか》では象が独《ひと》り言《ごと》を言いながらエンヤラヤ、とまた一息《ひといき》、力《ちから》を入れて引きました。海では鯨がウンと気張《きば》って水の中にどっぷりと尻尾《しっぽ》を入れて物凄《ものすご》い勢《いきお》いでひと引きしました。

「よっぽど深く足を入れたんだな」

と言って鯨は一生懸命《いっしょうけんめい》でした。

象《ぞう》だって同じこと。精限《せいかぎ》り根限《こんかぎ》りの力《ちから》で引《ひ》っ張《ぱ》りましたが、やがて鯨《くじら》のほうは少しずつ陸《おか》のほうへ滑《すべ》りはじめました。というのも象は地面《じめん》の上にいますので足元《あしもと》がしっかりしているのと、だんだんに縄《なわ》が鼻《はな》へ巻《ま》きついていくからでした。すると鯨は、

「何《なに》を生意気《なまいき》な牛《うし》のやつが」

と暴《あば》れていきなり頭《あたま》から水《みず》に潜《もぐ》りましたので、その勢《いきお》いで象は縄もろとも浜辺《はまべ》へ引《ひ》きずられ、ずるずるずるっと海《うみ》の中《なか》へ落《お》ちこみましたので、

「何をっ」と力《ちから》いっぱい、ウンと引きますと、ぽかりっと鯨が目の前へ浮いてでました。

「俺を引っ張ってるのは誰《だれ》だ」

鯨が水を噴《ふ》きますと、象も恐ろしい鼻息《はないき》で、

「わしを引っ張ってるのは何者《なにもの》だ」

と怒鳴《どな》りましたが、ちょうどそのときに鯨も象も相手のからだに結《ゆ》わきつけてある縄に気がつきました。

「よくもよくも牛《うし》の真似《まね》なんかしたな」

と象《ぞう》が唸《うな》りだせば、鯨《くじら》も黙《だま》ってはいません。

「お前《まえ》こそよくもよくも俺《おれ》を騙《だま》したな」と言うや否《いな》、物凄《ものすご》い勢《いきお》いで綱《つな》を引きました。ここでまた綱引《つなひ》きが始まりましたが、とうとう縄《なわ》が切れて鯨は水の中へとんぼ返り、象は向こうの砂の上へドサリとひっくり返りました。その様子《ようす》があんまりみっともなかったので両方《りょうほう》とも決《き》まりが悪《わる》くなり、どっちもなんにも言わずに別《わか》れてしまいましたから、鯨と象の同盟《どうめい》の話《はなし》もそれぎりお終《しま》いになりました。

藪《やぶ》の中の小兎《こうさぎ》は笑《わら》ったも笑《わら》ったも涙《なみだ》が出るほど大笑いをしたあとで、お友達《ともだち》の小兎どもとにぎやかなお祝《いわ》いの舞踏会《ぶとうかい》をしましたとさ。

ほら小兎たちの歌《うた》が聴《き》こえてきますよ。私たちも一緒《いっしょ》に踊《おど》りましょうよ。

(『紅い薔薇』一九二六年[大正一五]青蘭社書房)

ナミダさん

昔《むかし》あるところに、あんまり泣《な》くので、ナミダという名《な》をつけられた小さい娘《むすめ》がありました。

何《なに》か思《おも》うようにならなければ、ナミダさんは泣きました。何もかも望《のぞ》みどおりになればなったで、またナミダさんは泣くのでした。

そう泣いてばかりいたら、涙《なみだ》で溶《と》けてしまうだろうと、ある日お母《かあ》さんがおっしゃいました。

「おまえはちょうど、お月様《つきさま》がとれないと言って泣いたという男の子のようだよ。その子がそれほどに欲《ほ》しがっていたお月様が、もし手にはいったとしたら、どうだろう？　人間《にんげん》の手の中に月が来たところで、何の役にも立ちやしないじゃないか、ねえ、おまえもそうお思いだろう？　おまえさんも、ちょうど、この話の子どもと同じなんだよ、おまえが始終《しじゅう》、欲《ほ》しい欲《ほ》しいと言って泣《な》いている物《もの》は、たいていはもしほんとに自分《じぶん》の手《て》にきたら、どうすることもできないような物ばっかりだよ」とこうお母《かあ》さんは、しみじみと言って聞かせましたが、ナミダにはこのお母さんの知恵《ち え》深《ぶか》い言葉《ことば》はわかりませんでしたので、相《あい》も変《か》わらず、明暮《あけく》れ泣いておりました。

ある朝《あさ》、学校《がっこう》へゆく道《みち》で、例《れい》のとおりに泣いておりますと、（学校へゆかずに、家《うち》にいたくて泣いていたのです）そこへ蛙《かえる》が一匹《いっぴき》ひょっこりと飛《と》びだしてきました。

「なんだって、わたしについてくるのよう」泣《な》き腫《は》れた眼《め》で蛙を見ながら、ナミダは怒《おこ》りつけました。

「なぜかって言えば、もうじきに、お嬢《じょう》さんのまわりに池《いけ》ができるだろうと思いましてね。わたくしは長《なが》い以前《まえ》から、自分だけで占領《せんりょう》のできる池がほしくてたまらなかったのです」

「いやな蛙ねえ！　わたしはおまえなんかのために池は作りませんよ。わたしにくっついてくるのはやめてちょうだい」

それでも蛙は平気《へいき》でナミダのそばを飛《と》んでゆきました。ナミダもさすがに泣くのをやめて、逃《に》げはじめましたけれども、蛙のほうはいよいよ早くピョンピョンピョンと身軽《みがる》に飛びますので、とても小娘《こむすめ》の足《あし》では逃げおおせません。ナミダはまた泣きだしてしまいました。

「あっちへ行ってちょうだいってば！　いやな青蛙《あおがえる》ねえ！」ナミダの眼《め》からはますます涙が流れてきました。

あんまり疲《つか》れてしまって、ナミダはとうとう道《みち》ばたの石《いし》の上に腰《こし》をかけました。もちろん、そのあいだもずっと泣いていたのです。

「やれやれ、池のできるのも、もうじきだな」と蛙はいくら怒《おこ》られても、顔色《かおいろ》一《ひと》つ変《か》えません。

ナミダはなおいっそう泣きだしました。ポタポタ、ポタととめどもなく涙が流《なが》れますので、まわりの物はなんにも見えなくなりました。やがて、その近くで、ぴしゃりっという音がいたしました。おやと思《おも》って眼をあけてみますと、どうでしょう！　あたりいっぱいの水なのです。

そして自分は池のまんなかの小さな島《しま》の上におりました。すると、さっきの蛙が奇《き》妙《みょう》に顔《かお》をしかめながら、その池《いけ》の中から飛《と》び出《だ》してきて、ちょこなんと自分《じぶん》の側《そば》に座《すわ》りました。

「おまえ、さぞ嬉《うれ》しいだろうね。池ができたんだから、ゆっくり中にいたらいいじゃないの？　なぜ出てきたの？」

「それがね、お嬢《じょう》さん、わたくしはすっかり勘違《かんちが》いをしていましたよ。せっかくできましたけれど、この池《いけ》じゃあ、とてもわたくしの役《やく》には立《た》ちませんや。何《なに》しろ、あなたの涙《なみだ》っていうのは、大変《たいへん》に塩《しお》っからいんでしょう、これじゃあ、いくら、自分だけで占領《せんりょう》してもとてもはいってはいられません。これがね、こんなに塩っからくなくて、真水《まみず》の池だったら、それこそ、わたくしは蛙仲間《かえるなかま》きってのしあわせ者《もの》になれたんですがねえ」とこう蛙は申《もう》しました。

ナミダはぷうんとして、「いたくなけりゃ、何も無理《むり》にいてもらおうとは、こっちから頼《たの》みはしないことよ。わたしの涙が塩っからいったって、それはわたしのせいじゃないわ。仕方《しかた》がないじゃないの」と言って、ナミダはまた泣きはじめました。

「よしてください、よしてください！」蛙は夢中《むちゅう》になって飛《と》びまわりました。「そんなにお泣きになると、大水《おおみず》が出ます」なるほど、ナミダがちょっと泣くのをやめてあたりを見まわしますと、水は一刻《いっこく》一刻《いっこく》に増《ま》しておりました。「あらあら、どうしたらいいだろう？　わたしは泳《およ》げないのよ。こうしていたら、死《し》んでしまうわ」と言ってまた泣きだすのです。

驚《おどろ》いたのは蛙です。前足《まえあし》を振《ふ》り振《ふ》り、どうぞ静《しず》かにしてくださいと夢中《むちゅう》になって、ナミダに頼《たの》みこみました。「なんでもいいから、そう泣くのだけやめてください。この塩っからい水をかぶっていたのではいい知恵《ちえ》も何も出てきやしません」

「じゃあ、わたしをこの島《しま》から出してちょうだいよ。そうすりゃあ泣かないわ」

「この島から脱《ぬ》けだす道は一つしかありません。笑《わら》うんです。笑いさえすれば、池もだんだんに水が引《ひ》いてきて、わたくしたちも逃《に》げられるようになります。ですけど、そうお嬢さんのように泣きつづけていらしったのじゃ、ご自分の涙で溺《おぼ》れておしまいになりますよ」

「あら、おかしいわ。自分の涙で溺れるなんていうことがあるかしら？」とここでナミダは初めて笑《わら》い顔《がお》を見せました。

「それです、それです！　ごらんなさい。それだけで、もう、池《いけ》が小《ちい》さくなりましたよ。笑《わら》わなけりゃ駄目《だめ》です」蛙《かえる》は嬉《うれ》しさのあまりに後足《あとあし》で立《た》ちあがって、踊《おど》りはじめました。

「まあ、そのダンスはなんていうの。おかしい様子《ようす》ねえ」と言って、またナミダは笑いました。ナミダが笑ったので、蛙はなお元気《げんき》が出て、ぴょんぴょんぴょんと跳《は》ねまわりましたので、ナミダもますます笑いつづけました。

しばらくしてから、ふっと気がついたナミダはその辺をしきりに眺《なが》めて、

「あら、池《いけ》はどこでしょう？　なくなってしまってよ」と申《もう》しました。そこで蛙が言いますには、

「ねえ、お嬢《じょう》さん、おわかりになったでしょう？　わたくしは、なんでもあなたが笑ってさえくださりゃあ、水《みず》は引《ひ》くものと思《おも》っていましたが、これこのとおり、わたくしの考《かんが》えに間違《まちが》いはありませんでした。これでお嬢さん、あなたもわたくしも一《ひと》つい学問《がくもん》をしました。もうこれからのち、わたくしはけっして自分だけが勝手《かって》に泳《およ》ぎまわる池なんぞはほしがりますまい。仲間《なかま》の者《もの》が誰《だれ》もいなかったら、淋《さび》しいでしょうし、

それにせっかく、自分の勝手《かって》放題《ほうだい》に泳《およ》げると思った池だって、今度《こんど》のように、水が塩水じゃ何にもできやしません。それから、お嬢さん、あなたも無暗《むやみ》やたらに、つまらないことに泣くのはおやめなさいませ。今日《きょう》のようなことになった日には大変《たいへん》ですからね。

第一《だいいち》、泣いてる顔より、笑ってる顔のほうがどんなに綺麗《きれい》だかしれやしませんよ」

「そうだろうかねえ」とナミダはまだすっかりわからないような顔をしておりましたが、それでも今度だけは泣こうとはいたしませんでした。「どっちにしても、わたしは二度《にど》とこんな島には上がりたくないわ」

「さあ、そんなら、泣かないようになさらなけりゃなりません。不平《ふへい》が一番《いちばん》いけないんですからね」と蛙は言って、ピョンピョンとどこともなく飛んでいきましたとさ。

（『紅い薔薇』一九二六年［大正一五］青蘭社書房）

考えすぎた船頭さん

このおはなしは西洋《せいよう》の詩《うた》にあるものですが、あんまりおもしろいので、みなさんのために、おはなしに書《か》きなおしてみました。

昔々《むかしむかし》、あるところにお爺《じい》さんの船頭《せんどう》がありました。この人はむやみにたくさんのことをしたがる人で、始終《しじゅう》、あれもしなければならない、これもやらなけりゃならないというように考《かんが》えてばっかりおりました。何《なに》かひとつ仕事《しごと》をしようと思《おも》うと、そのほかにもまだやってない仕事がたくさんあったことを思《おも》い出《だ》して、こりゃ大変《たいへん》だ、あれから先《さき》にして、そのあとでこっちの仕事をしようと思っていると、またもう一つの仕事を思い出す、さあ、そうなってくると、しなければならない仕事ばっかりあんまりあるので、どれから先にしていいか、自分にも考えがつかないという気《き》の毒《どく》な人でした。

あるときこの船頭《せんどう》さんは難船《なんせん》をして、離《はな》れ島《じま》に吹《ふ》きあげられてしまい、助《たす》け船《ぶね》が来るまで、幾日《いくにち》も幾日《いくにち》も一人でそこにいなければならなくなってしまいました。着《き》の身《み》着《き》のままで流《なが》れ着《つ》いたのですから、入用《いりよう》なものばっかりです。まず帽子《ぼうし》がいりますし、ズボンもいります。それに、亀《かめ》の子《こ》だのいろいろなものをとって食べるのにさおや糸《いと》や針《はり》も入用《いりよう》でした。けれども、よくよく考えてみると、帽子や釣《つり》ざおよりも先に、なにしろのどがかわいてたまりませんので、泉《いずみ》を探《さが》したいと思いました。それに、こんなはなれ島に一人ぽっちでいるのでは話相手《はなしあいて》がありませんから、山羊《やぎ》か羊《ひつじ》か、雛鳥《ひよっこ》を飼《か》いたいものだとも思いました。それからまた考えますには、

「どうもお天気《てんき》がちっともきまらないで夕立《ゆうだち》がしょっちゅうあるから小屋《こや》を作《つく》って入《はい》っていなければならないな。小屋を作るとなれば、戸《と》をこしらえなければ、出入《ではい》りに困《こま》るし、どうせ戸を作るなら、ひらき戸にしてすぐ開閉《あけたて》ができるようにしておくほうがいいだろう。小屋の外に蛇《へび》がはっていても戸がポーンと開くひょうしにびっくりして逃《に》げていっちまうから、それがいちばんいい。それから野蛮人《やばんじん》が押《お》しこんでこられないようにしっかりした錠前《じょうまえ》もこしらえておかなければならないな」

そこで、まず第一番《だいいちばん》に、釣針《つりばり》をこしらえはじめましたが、あんまり日《ひ》がカンカン照《て》りつけますので、これはたまらないと頭《あたま》をおさえて考えますには、

「釣《つり》よりなにより先にしなけりゃならないことがあったのを忘れていた、日除《ひよ》けの帽《ぼう》子《し》を作らなけりゃならなかったんだ」

それから葉《は》っぱをとりまして、帽子を作りましたが、どうも、のどがかわいてたまりません。

「こりゃたまらない。こうのどがかわいちゃあ、何もできない。どっかへ行って、泉を探してこよう」

と言って出かけましたが、道々《みちみち》思いますには、

「おやおや！　これはいけない。誰《だれ》も相手《あいて》がなくちゃあ、あしたから淋《さび》しくてしようがありゃしないや」

それで、忘《わす》れないように、帳面《ちょうめん》に、

「探《さが》すもの、第一、ひよっこ」

と書きかけましたが、ふっと気がついて、

「ああ、そう、そう、ひよっこじゃなかった、山羊《やぎ》だった」

と言って、

「探《さが》すもの、第一《だいいち》、山羊」

と書き直《なお》しました。

都合《つごう》よく、そこへ山羊が出てきましたが、つかまえる前《まえ》に思《おも》い出《だ》したことは、この島から帰ってゆくにはお舟《ふね》が入用《いりよう》だということでした。けれども、お舟には帆《ほ》がなければ駄目《だめ》です。帆を作るには糸《いと》と針《はり》がいりますから、

「じゃあ、なによりも先に針をこしらえよう。針がなければ糸も通《とお》せないし、糸がなければ、帆は縫《ぬ》えないから」

と言って、座《すわ》りこみましたが、針をこしらえながら考えますには、

「おやおや、これはいけないぞ。もしこの島《しま》に野蛮人《やばんじん》がいた日には、こんなふうに呑《のん》気《き》な顔《かお》をして、外《そと》にいられやしない。小屋《こや》を建《た》てて中《なか》へはいっていなくちゃ安心《あんしん》はできないぞ」

さあ、たいへん、こしらえなければならない物《もの》ばっかりたくさんで、なにから先に

していいかわかりません。小屋《こや》もほしいし、お舟も入用《いりよう》、帽子《ぼうし》にズボンに雛鳥《ひよっこ》に山羊《やぎ》、それからお魚《さかな》を釣《つ》って食《た》べるので釣針《つりばり》も入用だし、のどがかわいたら泉《いずみ》へ行って水《みず》も飲《の》まなければなりません。

やれやれ大変、こうたくさん仕事《しごと》があったのでは、なにから先《さき》にしていいかさっぱりわかりません。仕方《しかた》がありませんからたった一枚《いちまい》あった毛布《ケット》にくるまって日向《ひなた》ぼっこをして一生懸命《いっしょうけんめい》に考《かんが》えましたが、いくら考えてみてもどうしてもわかりません。そして、とうとう救助船《たすけぶね》が来るまでそうやって日向ぼっこをして何《なに》もしないで眠《ねむ》っていましたとさ。

なんておかしな船頭《せんどう》さんでしょう！　みんなで一緒《いっしょ》に笑《わら》ってやりましょう。

「ほんとにおかしな船頭さん!!
考え、考え、考えて、なんにもしない船頭さん、
考えすぎた船頭さん、
頭《あたま》が痛《いた》くなったでしょう
お気《き》の毒《どく》な船頭さん！」

（『お山の雪』一九二八年［昭和三］青蘭社書房）

めぐみの雨が降るまで

　ある暑《あつ》い夏《なつ》の朝《あさ》、小さな一片《ひとひら》の雲《くも》が海《うみ》から浮《う》き上《あ》がって、青《あお》い空《そら》のほうへ元気《げんき》に、楽《たの》しそうに飛《と》んでゆきました。ずっと下のほうには下界《げかい》の人間《にんげん》が汗《あせ》を流《なが》して、まっくろになって働《はたら》いておりました。小さな雲は、こうして自分《じぶん》は朝風《あさかぜ》に吹《ふ》かれながらふわりふわりと飛んでいるのに、あの人たちは気の毒なものだ、暑い畑《はたけ》で苦労《くろう》をしなければならないと思いながら、何一《なにひと》つ心配《しんぱい》もないからだを軽々《かるがる》と浮かせておりました。

「だけど、自分が気楽《きらく》だからといって、そう平気《へいき》ではいられない。いかにも下界の人たちは苦しそうだ。どうかして、あの人たちを助《たす》ける工夫《くふう》はないものかしら？　あの汗水流《あせみずなが》してやっている仕事を、ちっとでも容易《らく》に、またお腹《なか》の空《す》いている人たちには何か食《た》べ物《もの》をやるということが私にできたら、どんなに嬉《うれ》しいだろう！」

　朝からだんだんに昼《ひる》になり、午後《ごご》になってゆくにつれて、小さかった雲もどんどんと大きくなりましたが、からだが大きくなるにつれて、下界《げかい》の人たちのために何かしてやりたいという心持《こころもち》もだんだんに大きくなりました。

こちらは空《そら》の下《した》の人間世界《にんげんせかい》です。時刻《じこく》が進《すす》むにつれて暑《あつ》さは加《くわ》わるばかり、あんまり太陽《たいよう》の光線《ひかり》が強《つよ》いので、それに打《う》たれて死《し》ぬ人《ひと》までもできたほどです。それでもたいていの人は仕事《しごと》をやめるわけにはゆきませんで、やっぱり働《はたら》いておりました。時々《ときどき》空を見上げては、雲《くも》に向《む》かって、

「ああ、あの雲が私《わたし》たちを助《たす》けてくれたらなあ！」

というような様子《ようす》をいたしました。

「私が助けてあげましょう、ええ、きっとあなたたちを助けてあげますよ」

とうとう雲はきっぱりと言《い》い放《はな》ちました。そしてすぐに下界に向《む》いて、ふわりふわりと下《お》りはじめました。そのときふっと雲の心の中をかすめてとおった考《かんが》えがありました。それはまだ自分がお母《かあ》さんの大海《おおうみ》の膝《ひざ》の上に載《の》っていた雲の子だった時分《じぶん》に誰《だれ》からともなく耳《みみ》に挟《はさ》んだ言葉《ことば》ですが、雲というものはあんまり人間世界に近《ちか》くゆくと死ぬということでした。これを思い出したときです……雲は下へ下へと下《くだ》っていた

のをとめて、風《かぜ》にからだを任《まか》せてあちらこちらと首《くび》を動《うご》かして思案《しあん》に暮《く》れたのでした。しばらくするとふらりふらりと右左《みぎひだり》に揺《ゆ》れていたからだが、急《きゅう》にじっと真《ま》っ直《すぐ》に立ちました、そして、こういう勇《いさ》ましい言葉がその口から出ました。

「下界の人たちよ、私は自《じ》分《ぶん》のからだにどんなことがきてもかまわない、あなたたちを助けよう！」

こう決心《けっしん》がついたと思うと、不思議《ふしぎ》にも、雲は大変に大きく強くなりました。自分がこんなに大きくなれようとは今の今まで、夢にも見たことはありませんでした。力の強い救《すく》いの天《てん》の使《つか》いのように、下界の上に立ち、頭をずうっと高くあげ、翼《つばさ》を広げて、野原《のはら》をも森《もり》をも林《はやし》をもおおいました。あんまり雲の姿《すがた》が立派《りっぱ》だったために、人《ひと》も獣《けもの》も木《き》も草《くさ》も頭《あたま》を下《さ》げたくらいでありました。

「私はあなたたちを助けよう。私を下《した》へおろしてください。私は自分の生命《いのち》をあなたたちにあげます！」

と言ったとき、雲の心臓《しんぞう》から眩《まぶ》しい光が輝《かがや》きだし、雷《かみなり》の響《ひびき》が空をとどろかし、それと一緒《いっしょ》に、言葉にあらわしつくせないほどの気持《きもち》が雲のからだいっぱいにみなぎりあふれました。下へ下へと人間の世界に近く近くだっていった雲《くも》は、とうとう、涼《すず》しい、嬉《うれ》しい夕立《ゆうだち》の雫《しずく》となって、自分のからだをなくしました。

この夕立こそは雲《くも》の大事業《だいじぎょう》でしたが、それと一緒《いっしょ》に雲は死《し》んだのです。けれどもそのときが生涯《しょうがい》の一番立派《いちばんりっぱ》な姿《すがた》でした。町々村々《まちまちむらむら》夕立のあった場所一帯《ばしょいったい》に、美《うつく》しい美《うつく》しい虹《にじ》が雲のための凱旋門《がいせんもん》のようにアーチを作り、天にあるだけの輝《かがや》いた光線《こうせん》が虹のアーチに色をつけました。

自分の生命《いのち》を消《け》してまでも、人間のためにつくした大きな雲の愛《あい》の心《こころ》が、別離《わかれ》の言《こと》葉《ば》として残《のこ》した挨拶《あいさつ》はその虹だったのです。

やがて虹も消《き》えました。けれどもその雨《あめ》で、苦《くる》しい苦《くる》しい炎熱《あっさ》から救《すく》われたたくさんの人《ひと》と獣《けもの》は、長《なが》い長《なが》い後《のち》までも、夕立の恩《おん》を憶《おぼ》えていて、ほんとに有難《ありがた》かった有難《ありがた》かったと繰《く》り返《かえ》したそうでございます。

(『紅い薔薇』一九二六年［大正一五］青蘭社書房)

ポストへ落ちた蝶々

あるとき一羽《いちわ》の蝶々《ちょうちょう》が、どうしたまちがいからかポストのなかへおっこちました。ほんとうは、すこし見《み》たがり聞《き》きたがりがすぎたからなのです。ポストのなかになにがあるのかしらと、のぞきこんでいるところへ、あつい手紙《てがみ》を入れにきた人があって、うしろからしっかりその手紙をおしたもので、蝶々もいっしょにおしこまれてしまいました。さあたいへん、ポストのなかへいちどはいったら、じぶんの勝手《かって》に出てくるわけにはいきません。そのうえ、おっこちるひょうしに、羽根《はね》が一枚《いちまい》やぶれました。

ポストのなかの手紙は、みんな、あんまり親切《しんせつ》ではありませんでした。もともと、蝶々が見なくてもいいところを見たがったのがわるいのですが、それでも、こうしておっこちてきたら、かわいそうだとおもって、親切にしてやるのがほんとうなのですが、そういう感心《かんしん》な手紙は、一本《いっぽん》もそのときには中《なか》にありませんでした。

「お前《まえ》さんは、こんなところへ来《く》るんじゃないのよ」大《おお》きな水色《みずいろ》の状袋《じょうぶくろ》にはいってい
る手紙が、こう申《もう》しました。「ここはむやみにだれでもはいれるところじゃないのよ。
見つかったらたいへんよ。ずいぶんきそくがやかましいんだから」
「ほんとうにすみません。つい、まちがいでまいってしまいました。どうぞごめんく
ださいまし」
蝶々は、小《ちい》さくなってあやまりました。
「郵便屋《ゆうびんや》さんが見たら、どんなにおこるかしれやしないわ」といったのはきどりやの
桃色封筒《ももいろふうとう》でした。
みんなにいじめられて、今《いま》にも泣《な》きだしそうになっている蝶々を見て、ほんとにか
わいそうだと思ったのは、おび封《ふう》のかかったあつい新聞《しんぶん》でございました。兄《にい》さんが
妹《いもうと》をかわいがるようにやさしく、「蝶《ちょう》ちゃん、こっちへ来たまえ。そこにまごまごし
ていると、上からはいってくるいろいろの郵便に、ぶつかってけがをしますよ」とい
いました。
蝶々はホッと安心《あんしん》して、新聞紙のそばへ行ってすわりました。いろいろ話《はなし》をしてい

るうちに、新聞紙《しんぶんし》には蝶々《ちょうちょう》が、ちっともわるい子ではないことがわかりました。ただすこうしばかりおいたがすぎたので、こんなところまでおっこちてきたのだとおもいましたので、どうかして外《そと》へ出《だ》してやりたいものだと、くふうをしました。

「蝶ちゃん、君《きみ》の羽根《はね》がやぶれたっていうのね、なおらないの？」

「おうちへ帰《かえ》ればなおしていただけます。だけど、あんまり大《おお》きな穴《あな》があいちまったので、とてもこれじゃあ飛《と》べませんわ。ですから、あたし、さっきからどうしたらいいかとおもって、しんぱいでたまらないんですの」

新聞紙はいっしょうけんめいに考えました。

「僕《ぼく》の切手《きって》が一枚《いちまい》、とれかかっているのがあるから、これをはがして、穴をふさいでおいたらどうだろう」

「ええ、それならちょうどいいんですけれど、でも、あなたがおこまりでしょう？」

「ううん、大丈夫《だいじょうぶ》。今日《きょう》はどうしたんだか、十銭切手《じゅっせんきって》が、一枚だけよけいにはってあるんだ。いつもと同じおもさだのに、女中《じょちゅう》さんが、なにかまちがったんだろうよ。だから、はがしても、ちょうどいいんだ。君《きみ》、これがうまくとれるかい？」

ほんとうに新聞紙は親切《しんせつ》でございました。いくら、一枚多くはってあるといっても、いちどはったのをはがせば、あとがきたなくなって、ずいぶん心持《こころもち》がわるうございます。それをがまんして、かわいそうな蝶々をたすけようとしたのです。

新聞紙がいたいのをじいっとがまんしているうちに、蝶々は、そろそろと切手をはがしました。そうして、それをじぶんの羽根《はね》の穴《あな》にはりつけました。すこしへんでしたけれども、飛ぶのには困《こま》りませんでした。

そのうちに、郵便屋《ゆうびんや》のおじさんが、大きなかばんを肩《かた》にかけてやってきました。カチンと鍵《かぎ》をはずして、下の口をあけるかあけないうちに、さっきから、息《いき》をころして待《ま》っていた蝶々は、ヒラヒラヒラヒラッと外へ飛びだしました。そしてうれし

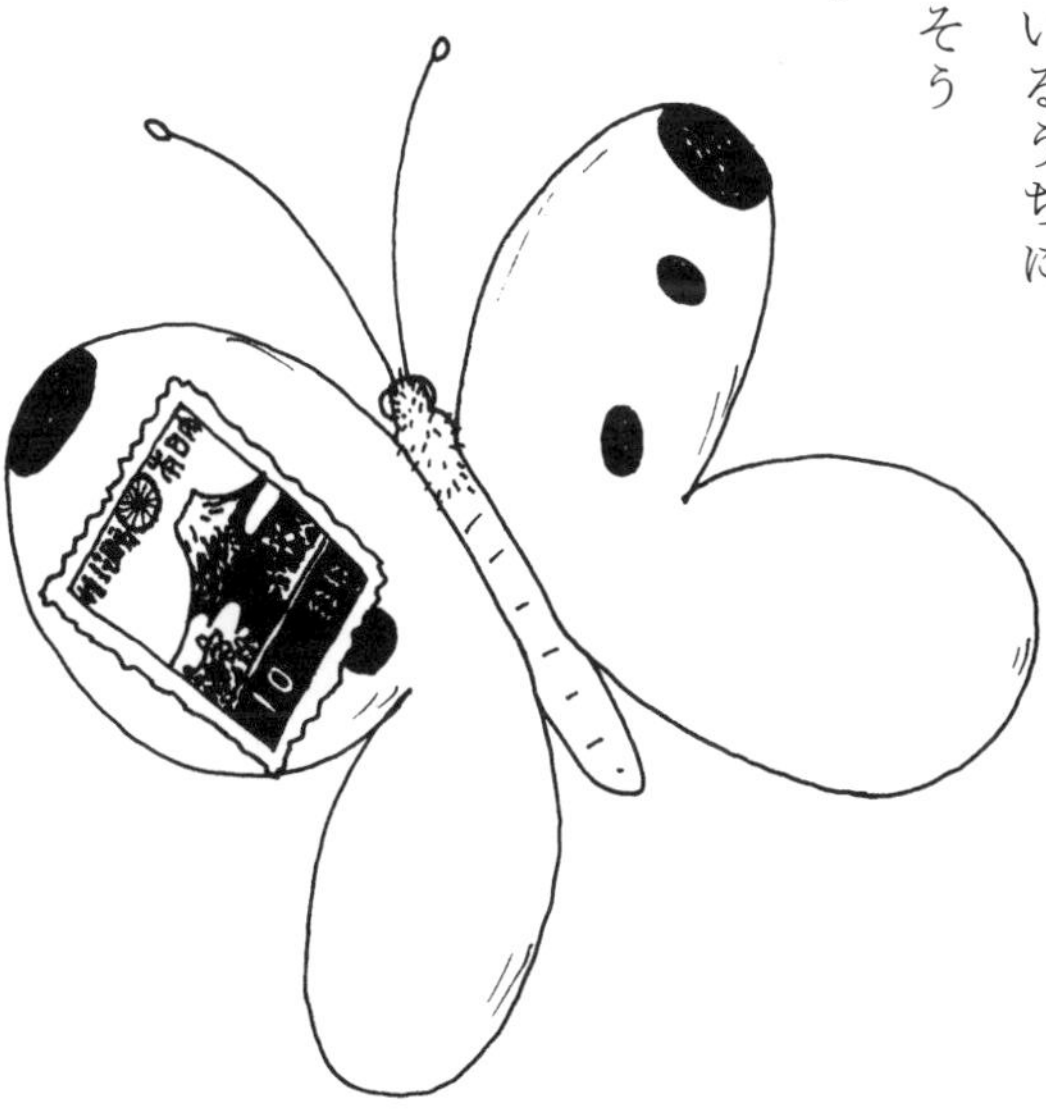

そうに、野原《のはら》のほうへかえっていきました。

そのばん、郵便屋《ゆうびんや》のおじさんはおうちへかえって、おばさんとおはなしをしているときに、こういいました。

「今日《きょう》はな、おもしろいことがあったよ。ポストのなかに蝶々《ちょうちょう》がいたんだよ」

「そんなことがあるもんですか。なにかあなたの目のまちがいですよ」といって、おばさんは笑《わら》いました。けれども、おじさんはまじめに、

「いや、まちがいじゃない。ほんとうだ」といいました。

皆《みな》さんのうちでどなたか、切手《きって》が一枚はがれている新聞紙《しんぶんし》を、郵便屋さんから受けとった方《かた》はありませんでしたか？


（『花になった子供星』一九四八年〔昭和二三〕美和書房）

鈴蘭の花

あるところに大きなお花畑《はなばたけ》がありました。そのお花畑のとなりにこびとのおうちがありました。こびとたちは青《あお》い服《ふく》に白《しろ》い靴《くつ》、白のとんがり帽子《ぼうし》、そのとんがり帽子のさきっぽに綺麗《きれい》なビーズが一つずつ、かざりについておりました。かざりではなくて、徽章《きしょう》だったのかもしれませんね。

こびとのおかあさんはいつでも忙《いそが》しくて、ちっとも休《やす》むひまはありませんでした。人間《にんげん》の子どものおかあさんと同じようですね。人間の子どものおかあさんも毎日《まいにち》毎日《まいにち》、おせんたくやお掃除《そうじ》やごはんの支度《したく》やお使《つか》いあるきで、ほんとうに忙しいのです。

ある日の夕方《ゆうがた》、こびとのおかあさんは子どもたちのこびとを呼んで、お使《つか》いを言いつけました。

「お前《まえ》たち、みんなで一《ひと》つずつバケツをさげて、おとなりのお花畑へ行って、お花《はな》の水《みず》をとってバケツへ入《い》れてきておくれ。今夜《こんや》は帰《かえ》ってこなくてもいいけれど、その代《か》わり、あしたの朝《あさ》はお日《ひ》さまが出《で》る前《まえ》に、きっと帰ってこなければいけませんよ」

と言いました。こびとの子どもたちは、

「はい、おかあさん、わかりました。きっとあしたの朝、お日さまの出ないうちに帰ってきます。行ってまいります」と元気《げんき》な返事《へんじ》をして、みんなまっしろな象牙《ぞうげ》のバケツを一つずつさげて、おとなりのお花畑《はなばたけ》へ飛《と》んでいきました。

こびとという者《もの》は夜《よる》は目をさましていて、昼《ひる》まは眠《ねむ》っているのだそうですから、それでこびとのおかあさんが、「今夜は帰ってこなくてもいいけれど、あしたの朝はお日さまが出ないうちに帰っておいでなさい」と言ったのです。

花畑へ行った子どもたちは、おかあさんから言われた用事《ようじ》なんかすっかり忘《わす》れてしまいました。持《も》ってきたバケツはお庭《にわ》じゅうにほうりだして、遊《あそ》んでばかりおりました。

草《くさ》の葉《は》の上に寝《ね》ころんだり、花《はな》と花のあいだでかくれんぼをしたりして、一晩《ひとばん》じゅう遊んでしまいました。

そのうちに夜《よ》が明《あ》けて、あっちこっちで、にわとりが鳴《な》いたり、雀《すずめ》の歌《うた》がきこえたりしてきました。

「コケコッコー、夜が明けた、コケコッコー」

おんどりは威勢《いせい》よくなきます。

「ちゅん、ちゅん、ちゅん」と雀はかわいらしい声《こえ》です。お花畑いっぱいに、お日さまの光《ひかり》があたりましたときに、こびとの子どもたちはバケツに水をくんでいくことを思い出しました。

「さあ、たいへんだ。おかあさんから大事《だいじ》な御用《ごよう》を言《い》いつかっていたんだ」と、みんなバケツをひろって花のところへ走《はし》っていきましたが、お日さまがもうさっきから出ていますので、花の上の露《つゆ》はすっかりかわいてしまって、一滴《いってき》もありません。

「困《こま》っちゃったなあ」と言う子もあります。

「おかあさんにわるいわ」と泣《な》きそうな顔《かお》をしている子どももあります。けれども、水はちっともないのですから仕方《しかた》がありません。みんなで相談《そうだん》して、

「じゃあ仕方がないから、バケツは草《くさ》にひっかけといて、今夜《こんや》もう一度《いちど》出《で》てくることにしよう。今夜こそは遊《あそ》んでないで、お水《みず》をとったらすぐ帰《かえ》ろうね」

と言《い》って、バケツを草にかけて、子どもたちはおうちへ帰りました。おかあさんの前《まえ》に手《て》をついて、

「どうもすみません。どうかおゆるしください。バケツはお花畑《はなばたけ》の草にさげてきましたから、今夜、お日《ひ》さまがはいったらすぐ行って、お水を入《い》れてきます。おかあさん、どうぞごめんください」と、一《いち》ばん上のにいさんが言いますと、あとの小さい子どもたちも声をそろえて、

「おかあさん、ごめんください」

「おかあさん、ごめんください」

「おかあさん、ごめんください」と言って、ぴょこん、ぴょこん、ぴょこんとあたまを下げました。

夕方《ゆうがた》になるとすぐにこびとの子どもたちはお花畑へ飛んでいきました。

「僕《ぼく》のバケツはどこだろう」

「あたしのバケツはここよ」
「僕《ぼく》のはこれだ」
みんな大《おお》きな声《こえ》を出しながら、自分自分《じぶんじぶん》のバケツを草《くさ》からとろうとしました。とろうとしましたが、さあ、どうしてもとれません。草の茎《くき》にしっかりとくっついてしまってどうしてもとれないのです。それだけではありません。子どもたちはバケツの手のほうを草にかけていったのですが、誰《だれ》かがとりかえたのでしょうか、バケツはみんなさかさにかかっていました。

ふざけんぼのいたずら好《ず》きのこびとの子どもたちが、草にかけてきたまっしろな象《ぞう》牙《げ》のバケツが、しっかりと草の茎について、それが鈴蘭《すずらん》の花《はな》になったのだというおはなしがあります。みなさん鈴蘭の花をよく見てごらんなさい、そら、こびとの子どもたちがつけていった小さなバケツが、いっぱいあるでしょう、おわかりになりましたね。

(『たんぽぽの目』一九四一年[昭和一六]鶴書房)

朝顔の花

朝顔《あさがお》の花《はな》はずいぶん高《たか》いところまでのぼっていきますね。長《なが》い棒《ぼう》を立てておいてやりますと、細《ほそ》いつるをくるくると巻《ま》きつけてのびていって、上《うえ》のほうで咲《さ》きますね。朝顔の花はどうしてあんなにつるを巻きつけてのぼっていくのが上手《じょうず》なのでしょうか、そのわけをお話《はな》ししましょうね。

昔《むかし》むかし、高い木《き》の上《うえ》にこまどりの巣《す》があって、巣の中にはおかあさん鳥《どり》と子どものこまどりが住《す》んでいました。子どものこまどりは病気《びょうき》で外《そと》へ飛《と》んでいくことができませんでした。

おかあさんのこまどりは毎日《まいにち》、病気の子どものためにおいしいごちそうをさがしに出ていきました。そしていろいろのおいしいものを運《はこ》んでくるのですが、それをたべさせながら、子どものこまどりに外のお話《はなし》を聞《き》かせてやりました。

「あのねえ、朝顔《あさがお》という花《はな》が地面《じめん》の上《うえ》に咲《さ》いているのよ。青《あお》や白《しろ》や紫《むらさき》や綺麗《きれい》な色《いろ》に咲いてるんだけれどお前《まえ》に一《ひと》つ持《も》ってきて見《み》せてあげたくても、朝顔の花はとても早起《はやお》きの代《か》わりに、寝《ね》るのも早《はや》くて、おかあさんがお前《まえ》のごちそうを集《あつ》めて帰《かえ》ってくる時《じ》分《ぶん》には、もうおめめをふさいで、ぐうぐう眠《ねむ》ってるので、だめなのよ」

子どものこまどりはこのおはなしを聞《き》いてから、その朝顔の花を見たくてたまらなくなりました。おかあさんがお留守《るす》のあいだ、巣《す》の中《なか》で寝《ね》ているときにも朝顔の花のことをいろいろと考《かんが》えていました。

「あたしも見たいわ。青や紫や白のお花が咲いてるところはどんなに綺麗だろう。あたしが丈夫《じょうぶ》ならおかあさんといっしょに朝早《あさはや》く飛んでいって、そのお花を見るんだけれど、こんなに弱《よわ》くてちっとも外《そと》へ出られないんだから、仕方《しかた》がないわ。綺麗なお花を見たら、いい気持《きもち》で病気《びょうき》もなおるかもしれないわ。朝顔の花を見たいなあ」

子どものこまどりはひとりでこんなことを言っていました。そうすると、それが地《じ》面《めん》に咲いている朝顔の耳にきこえたのです。

「この木《き》の上《うえ》に病気《びょうき》の鳥《とり》がいるらしいわ。綺麗なお花《はな》を見《み》たいって言ってるから、あたしお見舞《みま》いにいってあげたいわ。せいのびして上へあがっていきましょう。一生《いっしょう》けんめいに手をのばしたら、だんだんにあがれるかもしれないわ。さあ、一生けんめいに手をのばして、それからせいのびをして、そら、もう少し、もっと力を入れて……」と、朝顔《あさがお》の花は毎日毎日《まいにちまいにち》少《すこ》しずつ、少しずつ、力いっぱい、せいのびをして、手をのばして、上へ上へとのぼっていきました。

「あたし、綺麗なお花を見たいわ」と、子どものこまどりが言っているのがだんだん近《ちか》くきこえてきます。そうすると、朝顔の花はなおなお一生けんめいになって、上へ上へとのびあがって、とうとう、木の上のこまどりの巣《す》のところまであがっていきました。綺麗な朝顔の花を見て、病気のこまどりの子は大喜《おおよろこ》びして、めずらしく大きな声を出して歌《うた》をうたいました。そして病気もだんだんなおりました。そのときから朝顔の花のつるはあんなに上のほうまでのびられるようになったんですとさ。これでおかあさんのおはなしはおしまい。

（『たんぽぽの目』一九四一年〔昭和一六〕鶴書房）

森の白うさぎ

森《もり》の白《しろ》うさぎは、人間《にんげん》の子どもになりたくてたまりませんでした。ある日《ひ》のこと、一人《ひとり》のぼっちゃんが、まっしろなジャケツにまっしろなズボンをはいて、森のなかをかけまわっているのをみてからは、なおさら人間になりたくなって、もうどうしても、うさぎがいやでいやでたまらなくなりました。

「僕《ぼく》だって、あのぼっちゃんとおんなじように、白《しろ》いきものをきているんだもの、このままで、人間の子どもになっちまえばいいんだ。ああ、ああ、人間の男《おとこ》の子《こ》になりたいなあ」

森へあそびにきたぼっちゃんは、ミルクキャラメルをポケットに入れていました。それを一つおとしていきましたので、白うさぎはひろって食《た》べてみました。

まあ、おいしいこと！　ほっぺたがおっこちるかと思《おも》うようでした。

また、ぼっちゃんは、きれいな絵《え》のたくさんついている本《ほん》を持っておりました。白《しろ》うさぎは、草《くさ》のかげから、その絵をときどきのぞいて見ました。どれも、どれも、面《おも》白《しろ》そうなのばかりでありました。

「いいなあ、人間《にんげん》の子どもになると、あんなおいしいものを食べて、あんな面白い絵ばっかり見ていられるんだもの、僕《ぼく》、どうしても、人間にしてもらおうや」

そこで、白うさぎは満月《まんげつ》の晩《ばん》に、お月様《つきさま》におねがいしました。空《そら》までのぼっていくわけにはいきませんので、森《もり》のなかの川《かわ》のきしへいって、水《みず》にうつったお月様のかげにおねがいしたのです。

「そんなに人間の子どもになりたいのなら、人間の子どもにしてやるけれど、お前《まえ》は、きっとすぐにいやになるよ。人間の子どもたちは、お前の考えているように、遊《あそ》んでばかりいやしないからね」

と、お月様がおっしゃいました。けれども、白うさぎは、かぶりをふって、

「大丈夫《だいじょうぶ》です。僕は、このあいだ見たぼっちゃんのような、男の子にしてくだされば、それでいいんです。いやになんか、けっしてなりません」

と、ごうじょうをはりました。それで、お月様《つきさま》は白《しろ》うさぎを、人間《にんげん》の男《おとこ》の子《こ》にかえておやりになりました。うさぎは大よろこびで、スタスタと、いそぎあしで森《もり》を出《で》ていきました。

森のはずれのところに、一けんの百姓家《ひゃくしょうや》がありました。入口《いりぐち》の戸《と》があいていましたので、白うさぎ（今は人間の子）はだまって、どんどんはいっていって、いろりのそばへすわっておりました。しばらくすると、この家のおばさんが、裏口《うらぐち》からかえってきまして、男の子を見つけました。

「おやおや、まあ！　こりゃおどろいた。どうしたことだろう？　坊《ぼう》や、どこからきたのかね？」

「僕《ぼく》、森《もり》からきました」

そのおばさんはしんせつな人でした。たった一人《ひとり》あった子どもは、七つで死んでしまいましたので、今はほんとにさびしく、子どもをほしがっていたところでしたから、森からきた子どもを、お家《うち》へおいてやることにしました。

その晩《ばん》、おばさんは子どもをねかす前《まえ》に、おふろへ入れました。人間になった白うさぎは、おふろにはすっかりへいこうしました。生《う》まれてはじめて、シャボンというものを、からだじゅうにぬられたのですから、ずいぶんへんな気《き》もちでした。

さて、夜《よ》があけました。キャラメルがたくさん食《た》べられると思《おも》ってよろこんでいましたら、大《おお》ちがいで、朝《あさ》のおぜんには、麦《むぎ》のごはんと、おみそしるがのっておりましたので、がっかりしてしまいました。

ごはんがすむとおばさんは、さっさと着物《きもの》をきかえて、子どもをつれてゆきました。人間になった白うさぎには、学校《がっこう》はちっとも面白《おもしろ》くありませんでした。森《もり》の中《なか》でのぞいてみたような、色《いろ》どりのしてある絵《え》は、一枚《いちまい》も、読本《とくほん》には、ついていませんでした。

白うさぎの男の子は、夕方《ゆうがた》になるのを待《ま》ちかねて、森のおくの川のふちへとんでゆきました。その晩《ばん》も空が晴れていて、お月様《つきさま》がまるいお顔《かお》を出していらっしゃいました。

「お月様、お月様、僕《ぼく》はやっぱり、うさぎの子のほうがよろしゅうございます。わがままをいって、ほんとにわるうございました。どうか、もとのとおりにしてくださいまし」

「そらごらん。わたしがいったとおりです。人間《にんげん》の子どもは、なかなかたくさん仕事《しごと》があって、キャラメルばかりしゃぶってはいられません。きれいな絵本《えほん》を見《み》るのは、学校《がっこう》のおさらいを、よく、してからのことです」

「はい、お月様、よくわかりました。ですから、どうか僕《ぼく》をうさぎにしてください。人間の子どもさんはえらいものです。とても僕なんか、かないません」

といって、白《しろ》うさぎはこうさんしました。

お月様はすぐ子どもを、もとの白うさぎにしておやりになりました。うさぎはよろこんで、ピョンピョンとんで、くさむらへかえっていきました。

百姓家《ひゃくしょうや》のおばさんは、ヒョッコリあらわれてきた子どもが、またヒョッコリ見えなくなってしまったので、ふしぎなことだと、ずいぶんびっくりしました。

ゆうべから、今日一日《きょういちにち》じゅう、長《なが》い夢《ゆめ》を見ていたのかしらと思《おも》って、じぶんで、じぶんの手をつねってみたりしましたとさ。

（『花になった子供星』一九四八年［昭和二三］美和書房）

果物畑のたからもの

あるところに一人《ひとり》のお百姓《ひやくしよう》があって、たいへんに立派《りつぱ》な果物畑《くだものばたけ》をもっておりました。毎年秋《まいねんあき》になると、いろいろの果物が山のようにとれるのでなかなかたくさんのお金《かね》を儲《もう》けることができました。

この働《はたら》き者《もの》のお百姓に三人《さんにん》の息子《むすこ》がありましたが、どういうものか、お父《とう》さんのように朝《あさ》から晩《ばん》まで骨《ほね》を折《お》って働《はたら》くのが大嫌《だいきら》いでどうかしてからだを動《うご》かさないでお金儲けをする工夫《くふう》はないものかしらと、兄弟《きようだい》三人がよるとさわるとその相談《そうだん》ばかりしておりました。こちらはお父さん、どうも三人の息子のことが心配《しんぱい》で心配《しんぱい》でたまりません、正直《しようじき》にしんぼうして働くのをいやがるような人にいいことがくるはずのないのをよく知っている、お父さんですから、どうかして子どもたちの心《こころ》がけを直《なお》してやりたいものだとそればっかりは忘《わす》れる暇《ひま》はありませんでした。

さて、だんだんにお百姓《ひやくしよう》も年《とし》をとって、とうとう死《し》ぬときになりましたので、息子《むすこ》三人《さんにん》を枕元《まくらもと》へ呼《よ》んで申《もう》しました。

「果物畑《くだものばたけ》にな。金貨《きんか》をいっぱい詰《つ》めた壺《つぼ》があるから、それがほしかったら、お前《まえ》たち三人で土《つち》を掘《ほ》ってごらん」

「金貨の壺ですって？　お父さん、そ、それはどのへんにあるんですか？」と息子たちは三人一緒《いっしょ》に声をそろえてたずねましたが、お百姓はけっして教《おし》えません。ただ、「宝《たから》の壺がほしかったら、土を掘りなさい」と言ったきりで、死んでしまいました。

さあ、それから三人は畑の中から金貨の壺を探《さが》そうとするのでしたが、まるであてのない仕事《しごと》ですから、どこをどう掘りはじめていいのかわかりません。しかたがない、三人が一緒にならんで、かたはしから土を掘ろうじゃないかということに、やっと相談《そうだん》がきまりました。

掘《ほ》ること、掘《ほ》ること、広《ひろ》い果物畑の隅《すみ》から隅《すみ》まで三人一列《いちれつ》で、ヤイコラサ、ヤイコラサと毎日毎日掘り返してみましたが、鍬《くわ》のさきにはなんにもひっかかりません。カ

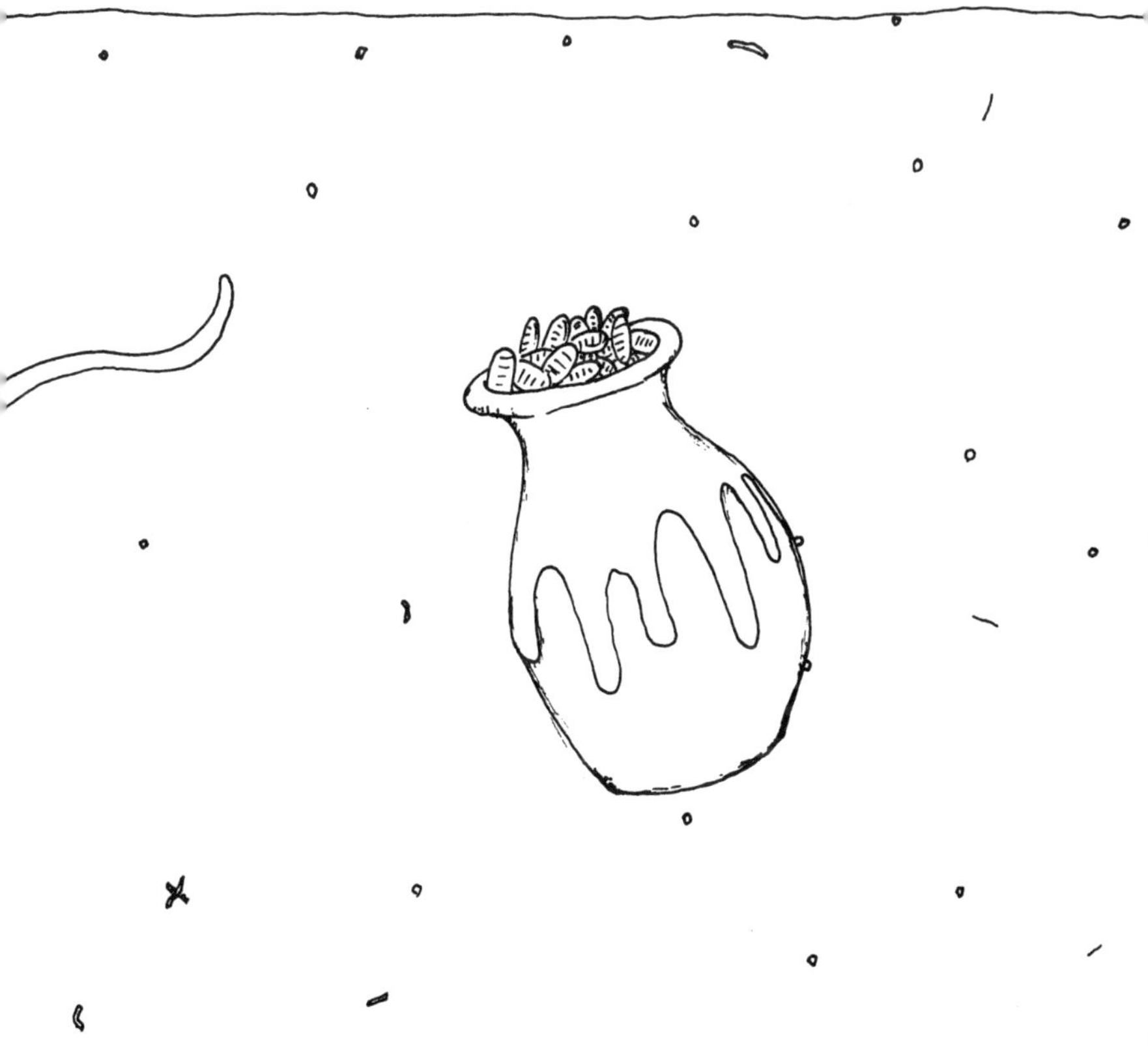

チリという音《おと》もしないのです。

「おかしな話《はなし》だな。どうしたんだろう？

どっかの人《ひと》がお父《とう》さんの言葉《ことば》を聴《き》いてしまって、先《さき》まわりしてきて盗《ぬす》んでいったんだろうか。

それとも……それとも、もしかしたら、お父さんも年《とし》をとったので、あたまがわるくなって、あんな間違《まちが》ったことを言いなさったのかしら？　変《へん》だなあ」と三人《さんにん》の息子《むすこ》はめいめいにいろいろのことを言い合いました。

「なんにしても、つまらない骨折《ほねおり》をしたものだ。ばかばかしいことだ」とさんざんにおこっておりました。これでその年《とし》は暮《く》れてしまいました。

さてお正月《しょうがつ》が来《き》て、やがて春《はる》の花《はな》が咲《さ》き、そのうちに夏《なつ》もすぎてまた果物《くだもの》のなる季《き》節《せつ》がめぐってまいりました。

その秋の果物の成績《できき》といったら、ほんとにすばらしいものでした。三人の男がそろって畑じゅうの土《つち》を掘《ほ》り返《かえ》したのですから、土がすっかり新《あたら》しくなりまして、その土から生《は》えだした果物の味《あじ》といったら、まったく飛切《とびき》り上等《じょうとう》でした。

柿《かき》でも葡萄《ぶどう》でも、広い畑《はたけ》じゅうにできた果物という果物が、まるで羽根《はね》が生《は》えて飛《と》んでいくように、売《う》れてゆきました。三人の息子は毎日毎日《まいにちまいにち》果物を積《つ》みだすので目《め》がまわるような忙《いそが》しさ。ふだんからの働《はたら》きぎらいにも似合《にあ》わず、元気《げんき》に活発《かっぱつ》に、朝《あさ》は暗《くら》いうちから、夕方《ゆうがた》はまっくらになるまで、一生懸命《いっしょうけんめい》に働きつづけました。こうして精《せい》出《だ》して働いているうちには仕事《しごと》のおもしろさがだんだんにわかってまいりまして、その年の冬までには、村じゅうで一番の勉強家《べんきょうか》はこの三人兄弟《きょうだい》だと、みんなのお手本《てほん》にされるほどになりました。

それにしても、お父さんが死ぬときに話した宝《たから》の壺《つぼ》はどうなったのでしょう？ 三人の兄弟はもう宝の壺のことは忘れてしまったのでしょうか？

どうして、どうして、忘れるどころか、三人はちゃんとその宝の壺を手に入れておりました。毎日毎日掘り返した土の中にはありませんでしたが、畑からとりいれた果物の中に宝がかくれていたのでした。朝から晩まで積み出し積み出し売った果物のお金がたまりたまって大変なものになっておりました。

何百円、何千円という大金を勘定《かんじょう》したときに、三人の兄弟はハタと手をたたきました。

「お父《とう》さんがおっしゃったのはこれだった。なるほど、このお金《かね》は畑《はたけ》の中《なか》にあったのだ。畑の中に金貨《きんか》の壺《つぼ》がかくしてある、それがほしければ、土《つち》を掘《ほ》れ……そうだ、土を掘れというのは一生懸命《いっしょうけんめい》に働《はたら》けということだったのだ」とわかったときには、お父さんのやさしい心《こころ》がほんとにうれしく、ありがたく、それからのち、なおなお働き者になったということでございます。

（『紅い薔薇』一九二六年［大正一五］青蘭社書房）

小松物語

イエス様《さま》がお生まれ遊《あそ》ばした晩《ばん》、森《もり》の中の木《き》や鳥《とり》はみんな何《なに》かしらお祝《いわ》いを持《も》ってまいりました。柔《やわら》かい苔《こけ》や羽根《はね》を集《あつ》めてお布団《ふとん》を作ろうとする鳥《とり》もあれば、橄欖《かんらん》の木のように、オレブ油《ゆ》を差《さ》しあげる木もあれば、薔薇《ばら》のように、一生懸命《いっしょうけんめい》になって、珍《めずら》しい冬《ふゆ》の花を咲かせて差しあげた者《もの》もありました。

森の片隅《かたすみ》に小さい松《まつ》の木が一本立《た》っておりました。どうかしてイエス様にお祝いを差しあげたいと思って、一生懸命に気張《きば》って、葉《は》をたくさんに生《は》やしてみましたが、聖母《せいぼ》マリア様はおまえの葉は針《はり》のようにチクチク刺《さ》すから、赤ちゃまのためには使えないとおっしゃいました。それでは膏《あぶら》を差しあげようかとも思いましたが、オレブ油なんかと違って、松脂《まつやに》では、ただベトベトするばかりで、いい香気《におい》もありませんのでだめでした。

その晩《ばんこ》小松《まつ》はほんとに悲《かな》しく、淋《さび》しく思《おも》いました。神様《かみさま》の天国《てんごく》から人間《にんげん》の世界《せかい》へ生《う》まれてきてくださったイエス様《さま》に差《さ》しあげる物《もの》は、なんにも自分《じぶん》にはないと思ったとき、小松は悲しいのと苦《くる》しいのでたまらなくなり、ウウン、ウーンと唸《うな》りました。松の木というものは、風《かぜ》が吹くと、淋《さび》しそうなうなりごえのような音《おと》を立《た》てますが、あれはもしかすると、大昔《おおむかし》のイエス様御誕生《さまおたんじょう》の晩《ばん》のこの小松の悲しみを思い出して、あんな声を出すのかもしれません。

その夜《よる》から長年《ながねん》たってからのことでした。ある年のクリスマスの前の晩に、この森へ一人のみすぼらしい乞食《こじき》の少年《しょうねん》が入ってきました。町《まち》のほうでも一軒一軒《いっけんいっけん》と戸をたたいてただ一晩《ひとばん》だけ泊《と》めてくださいと頼《たの》んだのですが、どこでも同《おな》じようにことわられて、仕方《しかた》なく森《もり》で夜《よる》をあかそうとして、松《まつ》の大木《たいぼく》の下《した》へ来ました。昔《むかし》のむかし、初《はじ》めてのクリスマスの晩には、なにひとつイエス様に差しあげる物を持たなかったあの小松が、伸びて育ったのがこの大木でした。今はもう立派《りっぱ》に自分の陰《かげ》に人を入れることができるようになっておりました。大松《おおまつ》はできるだけ枝を下げて、哀《あわ》れな乞食の少

年に冷《つめ》たい風《かぜ》があたらないように囲《かこ》ってやりました。

やがて夜《よ》が明《あ》けまして、松《まつ》の下《した》に眠《ねむ》っていた少年《しょうねん》は目《め》を開《あ》きました。ゆうべの乞食《こじき》はどこへ行ってしまったのでしょう、それは貴《とうと》いイエス様《さま》でございました。イエス様は汚《きたな》い乞食の姿《すがた》に身《み》を変《か》えて、世《よ》の中《なか》の人《ひと》の心《こころ》をためしてお歩《ある》きになったのでした。人々《ひとびと》の心は不親切《ふしんせつ》で、気《き》の毒《どく》な人のためのおもいやりがありませんでした。それを悲《かな》しみながら、森《もり》へいらしって、昔自分《むかしじぶん》がイエス様のために何も差《さ》しあげる物《もの》を持たないのを泣《な》いて悲しんだ松の木の下にお宿《とま》りになってくださったのでした。

昔の小松《こまつ》、今の大松《おおまつ》は嬉《うれ》しさに涙《なみだ》をポロポロとこぼしました、寒《さむ》い十二月《じゅうにがつ》の朝《あさ》ですから、その涙はそばから凍《こお》って、氷柱《つらら》になりました。ちょうどそのとき、太陽《たいよう》が出まして、氷柱の上に照りましたので、まるでクリスマス木《ツリー》の蠟燭《ろうそく》のようにキラキラ光《ひか》りました。

イエス様はそれを御覧《ごらん》あそばして、にっこりお笑《わら》いになりました。

賢《かしこ》いみなさんはこのお噺《はなし》を読《よ》んで、どんなことをお考えになりますか？　聴《き》かせていただきたいものでございますね。

（『紅い薔薇』一九二六年［大正一五］青蘭社書房）

羽根の折れた小鳥

秋《あき》になってから、はじめての寒《さむ》い日がきました。もうじきに冬《ふゆ》になるのです。鳥《とり》はみんなあったかい南《みなみ》のお国《くに》のほうへおひっこしをしてしまいました。また春《はる》になったら、帰《かえ》ってまいります。羽《は》根《ね》を折《お》った一羽《いちわ》の小鳥《ことり》がありました。ほかの鳥といっしょに飛《と》んでいくことができませんので、寒《さむ》い冬《ふゆ》の間《あいだ》じゅう、どこにいたらいいかと、たいそう心配《しんぱい》いたしました。森《もり》の中《なか》に何本《なんぼん》もなんぼんも大《おお》きな木《き》が立《た》っているのを見ましたから、

「ああ、あの大きな木にたのんだら、きっと冬じゅう、あたしを世話《せわ》してくれるだろう」

と思《おも》いました。

バサリ、バサリ、バサリとやっとのことで、森まで飛んでいった小鳥は、一番《いちばん》はじめに、大

きな、大《おお》きな、かしの木《き》のところへ来ました。

「あのう、大きなかしの木さん、どうかお願《ねが》いですから、春《はる》になるまで、私《わたし》をあなたのあったかい枝《えだ》の中《なか》に、泊《と》めてくださいませんか」

かしの木はむずかしい顔《かお》をして、

「うるさいことをいう小鳥《ことり》だな。おまえみたいな者《もの》を冬《ふゆ》じゅう、泊めておくなんていうことができるものか。せっかく、わたしが大事《だいじ》にしているどんぐりを、おまえに食《た》べられてしまったらたいへんじゃないか。さっさとあっちへいきなさい」

と言いました。

かわいそうな小鳥は、なみだが出そうになるのをがまんして、またいたい羽根《はね》で、バサリ、バサリ、バサリンと飛んで、こんどは川のそばのきれいな柳《やなぎ》のところへ来ました。

「ああ、きれいな柳のおばさん、どうか春がくるまで、私をその枝に泊まらせてくださいませんか」

とたのみますと、柳はこわい眼《め》をして、小鳥をにらめながら、

「まあ、とんでもないことを言ってる。わたしは知《し》らない鳥なんぞとは、口《くち》をききませんよ」

と言ったきり、横《よこ》を向いてしまいました。かわいそうな小鳥はどこへ行っていいのかまるでわからなくなりましたが、ただマゴマゴと、折《お》れた羽根であっちやこっちを、飛んでおりました。

そのうちに、杉《すぎ》の木がこの小鳥を見つけまして、むこうからこえをかけました。

「小鳥ちゃんや、あんたどこへ行くつもりなの」

さっきから意地《いじ》わるなことばかり言われていた小鳥は、しんせつな杉のおばさんのこえを聞くと、もうがまんができなくなって、ポロポロなみだをこぼしながら、

「どこへ行くんだか、知りません。森《もり》の木はだあれも、あたしを泊めてくれないんです。あたしは羽根が折れていて、とおくへは飛んでいかれないんです」

「それじゃあ、わたしの枝の中へおはいりなさい。ソラ、この枝《えだ》が一番《いちばん》あったかそうよ」

「あのう、これからずうっと、冬じゅういてもいいでしょうか」

「ええええいいとも、いいとも、ゆっくり泊《と》まっていらっしゃい」

杉《すぎ》の木《き》のとなりに、松《まつ》の木が立《た》っておりましたが、さっきからのはなしを聞《き》いていて、申《もう》しますには、

「わたしの枝《えだ》は、あんまりあったかくはないけれど、風《かぜ》があたらないようにここに立っていて、風をとめてあげましょう。わたしはせいがたかくて、じょうぶだから、風をとめるには、ちょうどいいんですよ」

羽《は》根《ね》の折《お》れた小《こ》鳥《とり》は、杉の木のあったかい枝の間《あいだ》へはいりました。そうして、松の木はピンとまっすぐに立って、ヒュウヒュウ吹いてくる風が、よわい小鳥のところまで行かないように、とめてやりました。

小鳥はやっとこさで、冬《ふゆ》のおうちができましたので、ホッと安《あん》心《しん》いたしました。

森《もり》のおくのほうで、見ていたかしの木や、柳の木は、顔《かお》を見《み》合《あ》わせて、いろいろのわるくちを言いました。

「まあ、どうでしょう。今まで見たこともない鳥を、泊めてやるなんて、ずいぶんおどろいてしまいますわね。どこの者《もの》だかわかりやしませんわね。おお、きもちがわる

いこと」

こう言ったのは柳《やなぎ》の木《き》でした。かしの木も、すぐ柳の木のあとから、

「ほんとだとも、わたしだって、どんぐりが大事《だいじ》でさあね。あんなわけのわからない鳥《とり》はきっとどろぼうもするにきまってますからね」

と言いました。

柳の木とかしの木は、いろいろなことを言いながら、杉《すぎ》と松《まつ》のほうを見《み》て、わざとゆびをさしたり、わらったりしました。

ちょうどそのばんです。北風《きたかぜ》が森《もり》へあそびにきました。つめたい、つめたい氷《こおり》のようないきを吹《ふ》きながら、北の風はヒュウヒュウと森じゅうをはしりました。

そのつめたいいきがあたった葉《は》っぱは、みんなバサリ、バサリとじめんへおっこちてしまいました。北風はそれがおもしろくておもしろくて、たまらなかったのです。

もっともっと、たくさん、森じゅうの木をみんなはだかにしてしまったら、おもしろいだろうと思いましたので、北風はお父《とう》さんの霜王様《しもおうさま》におききしました。

「ねえ、お父《とう》さま、ぼく、森じゅうの木の葉をみんな吹きとばしてやりたいの。いい

でしょう、このはじからずうっと、あっちまで、かたっぱしから、ありったけの木を、はだかにしてしまったら、おもしろいだろうな。

ねえ、お父さま、いいでしょう、よろしいっておっしゃってちょうだい」

けれども、霜王様はくびを振《ふ》りました。いくらかわいい子どものいうことでも、これはよろしいとおっしゃらなかったのです。

「いや、それはいけない。わしはけさから、見ていたが、この森の中には、たいへんに、しんせつな木と、いじわるの木とりょうほうある。羽根《はね》の折《お》れた小鳥《ことり》にしんせつにして、冬《ふゆ》の間泊《あいだと》めてやる、杉《すぎ》の木《き》と松《まつ》の木《き》の葉はおとしてはいかん。しんせつをした杉の木と松だけでなく、森じゅうの杉と松はみんな、たすけてやれ。しんるいからあんな、えらいしんせつ者《もの》をだしたのだから、せかいじゅうの杉と松はこれから、ずっと、いつまでも、冬《ふゆ》が来て、ほかの木の葉がなくなるときにも、青《あお》い葉をつけていられるようにしてやろう。

おまえも、わしの言ったことをよくおぼえていて、大きくなってからも、けっして、杉と松の仲間《なかま》には、つめたいいきを吹きかけてはいけないぞ。わかったか。せかいじゆうで、一番《いちばん》えらいのは、しんせつなことをする者《もの》だ、よわい者にいばらずに、やさしくしてやるのが、ほんとうにつよいのだ」

とたいへんにながく、北風《きたかぜ》にはなして聞《き》かせましたので、子どもの北風でしたが、よくお父さまのおっしゃったことがわかりました。

それで、北風はそのばん杉《すぎ》や松《まつ》のおなかまの葉《は》っぱには、吹《ふ》きつけませんで、そうっと、よけてとおりました。

北風は、そのばんからずうっと今まで、よくお父様《とうさま》の霜王様《しもおうさま》のおっしゃったことを、おぼえておりますから、松や杉は一年《いちねん》じゅう、あおあおとした葉《は》をして、森《もり》にも、山《やま》にも、道《みち》ばたにも立っております。

(『お山の雪』一九二八年［昭和三］青蘭社書房)

みんなよい日

朝《あさ》からふりつづいた雨《あめ》はひるすぎになってもなかなかやみそうにもありません。道《みち》雄《お》はたいくつでたまらなくなりました。お母《かあ》さんはいつものとおりの、やさしいお顔《かお》をして、せっせとあみ物《もの》の針《はり》を動《うご》かしていらっしゃいます。お母さんのおちついていらっしゃるのをみると、なおのこと、じれったくなってくるのでした。

「どうして雨なんかふるんだろうな。ねえ、お母さんてばあ、僕《ぼく》、雨ふりは大きらいよ、雨なんかちっともふらなくたって困《こま》りゃしないや。雨なんか一年《いちねん》じゅうふらないほうがいいや。僕、なんにもすることがなくて、困っちゃったなあ」

「ご本《ほん》を読《よ》んだらいいでしょう」

「目《め》がいたくなるほど読んじまったの」

「絵《え》をかいたらいいでしょう」

「クレヨンがみんな短《みじか》くなっちまって、だめなの。あああ、雨《あめ》はいやだなあ」

「それならばね、道雄《みちお》、お前《まえ》、自分《じぶん》でお天気《てんき》をかえたらいいでしょう」

「お天気を自分でとりかえるなんて、そんなことできないや」

「いっしょうけんめいになってかえようとすれば、かえられますよ。母《かあ》さんはまだそのお話《はなし》をしなかったかしら、時計《とけい》をじいっとみつめて、こういうんです――

『チック、タック、お時計さん　いま　なんじ？

針《はり》をまわして、かねをたたいて

雨を追《お》いだしてちょうだい』

それを何《なん》べんでもいってると、お天気がかわって、雨が逃《に》げだしてしまうんですとさ」

道雄はこんなめずらしいお話はいまはじめてききました。お母さんは台所《だいどころ》のほうへ立っていっておしまいになりました。道雄は大きな柱時計《はしらどけい》の下へいって、いましがたおそわった文句《もんく》をいいはじめました。

お母さんが障子《しょうじ》の外をお通《とお》りになりましたから、

「ねえ。お母さん、こういってれば、ほんとにお天気がかわるの？」

「ええ。いつまでもしんぼうして雨がやむまでいってれば、きっとお天気がかわりますよ。ほほほほほ」

「そうかなあ。じゃあ、いっしょうけんめいにいってみよう。

チック、タック、お時計さん、いま　なんじ？

針をまわして、かねをたたいて
雨を追いだしてちょうだい」

道雄はいくどもいくども、これをくり返しましたが、雨はやみそうにもありません。

「もうだめだ。歌《うた》なんか歌ってやるもんか。やめようっと」

道雄がしばらくだまっておりますと、やがてふしぎなことがおこりました。時計のふりこの上に、まるで馬《うま》にでものっかっているようなかっこうをして、こびとが一人、ちょこなんとすわっています。まっかな服《ふく》にまっかな帽子《ぼうし》で顔《かお》じゅういっぱいにわらって、ふりこの上にのっかって、右《みぎ》、左《ひだり》にさかんにからだをふっています。

道雄が目《め》をパチクリしているうちに、こびとはどんどん時計《とけい》のガラスをあけて出《で》てきました。

「君《きみ》はいま、雨《あめ》を追《お》いだしてちょうだい、とかいってたね。君は雨ふりはきらいかね」

「大きらいさ。雨なんかちっともふらないほうがいいな。一年《いちねん》じゅう、いいお天気《てんき》ばかりなら、僕《ぼく》、毎日元気《まいにちげんき》にしていられると思《おも》うな」

「では、わたしがおもしろいところへつれてってあげよう。〝いいお天気《てんき》のお城《しろ》〟というところへつれてってあげよう」

「どうやってそのお城へ行くの、おじさん？」

「これにのっかっていくのさ」といったかと思うと、小人は赤《あか》い服《ふく》のかくしから、小《ちい》さなはしごを出しました。

二本《にほん》の細《ほそ》い、金色《きんいろ》の棒《ぼう》のあいだに、銀色《ぎんいろ》の棒でだんだんがついている、折《お》りたたみ式の長いはしごです。こびとはそれを柱時計《はしらどけい》にかけたかと思《おも》うとスルスルスルスルとのぼりはじめました。道雄もそのあとについていきました。

二階から屋根《やね》うらへ、屋根うらから屋根へと出ました。

はしごはどこまでもつづきます。それをつたわって、どんどんのぼっていきますと、とうとう、ひろい、まっしろな、階段《かいだん》のあるところへつきました。それをあがっていきますと、まっしろなお城《しろ》の中《なか》へはいりました。

あたまの上《うえ》はひろびろとした空《そら》の青天井《あおてんじょう》です。そのへんいっぱいにかぞえきれないほどの大《おお》ぜいの人《ひと》たちがとびまわっております。

まっくろな長靴《ながぐつ》をはいて、赤《あか》いジャケツに赤い帽子《ぼうし》、その帽子からは水《みず》が川《かわ》のように流《なが》れだしております。

「おじさん、この人たちはなんです」

「これは雨《あめ》の日の心《こころ》だ。水たまりやたきを作るのもこの人たちさ」

「むこうの、キラキラした服《ふく》をきている人たちはなんです。ズボンも服《ふく》も金色《きんいろ》ですね」

「あれが晴《は》れた日の心だ」

ねずみ色のいしょうをつけた人たちもいます。大そうまじめくさった顔《かお》をしてはいますが、おこっているわけではありません。

「あれはな、くもり日の心だ。あの人たちは雲《くも》のあいだを出たりはいったりして、お日《ひ》さまとかくれんぼをして遊ぶのが大すきなんだ」

また、ほかの一《ひと》くみの人たちは、ちょっとのあいだもじっとしていないで、とびまわっておりました。

しじゅうニコニコ笑《わら》っていて、ふさふさとしたかみの毛がひたいにかぶさってくるのを、何《なん》べんとなく、かきあげております。着物《きもの》にはきれいなリボンがさがっていて、それがヒラヒラと動《うご》いて、バタバタ音《おと》をたてています。

「おじさん、あれは風《かぜ》の日《ひ》の心《こころ》でしょう。僕《ぼく》にはちゃんとわかりましたよ」

「そのとおり、そのとおり。どうだね、道雄《みちお》君《くん》、一年三百六十五日《いちねんさんびゃくろくじゅうごにち》のどの日も、ここへきてみると、みんな美《うつく》しくて、たのしいと思わないかね。だから、その一日一日《いちにちいちにち》をむかえる人間《にんげん》のほうでも、ぐずぐずこごとをいわないで、元気《げんき》にくらさなけりゃいかんのだよ」

「おじさんのいうとおりですね。僕《ぼく》、これから、不平《ふへい》をいわないようにします」

「それがいいよ。さあ、そろそろかえろう。お母《かあ》さんがしんぱいなさるといけないから」

こびとはさっきの折《お》りたたみ式《しき》のはしごをのばして、りすのようにすばしこくおりました。道雄《みちお》もそのうしろからおいついていきました。

茶《ちゃ》の間《ま》までおりてきますと、こびとはふしぎなはしごをたたんで、時計《とけい》の中《なか》へはいりかけました。

「おじさん、また、来《き》てくださいますか」

「なぜだね。もうおじさんの用事《ようじ》はすんだと思うがね。まだなにか用《よう》があるかね」

「僕《ぼく》、また、〝いいお天気《てんき》のお城《しろ》〟へつれてってもらいたいの」

「行きたいときには、いつだって、一人《ひとり》でいったらいいだろう」

「だってはしごがないもの」

「なるほど、はしごがいるね。だが、これは、わたしも入用《いりよう》だから、おいてはゆかれないしと……あ、そうだ、はしごのこしらえかたを教《おし》えてあげよう。ようく、おぼえておき、いいかね、こしらえかたをいうよ。

たのしい心《こころ》と、元気《げんき》な顔《かお》、この二《ふた》つがたての二《に》本《ほん》の棒《ぼう》になるんだ。この二本の棒を立てたら、そのあいだの階段《かいだん》は、笑《わら》いごえだ。これが〝いいお天気のお城〟へのぼるはしごなんだ」

これだけいいますと、こびとはいきなり、柱時計《はしらどけい》の中へ消えてしまいました。

急《きゅう》に、その時計が自分のあたまの上《うえ》へ落《お》ちてくるような気がして、道雄ははっとおきあがりました。いつのまにか、ねむっていた自分《じぶん》のまえに、お母《かあ》さんがきていらっしゃいました。

「道雄や、雨《あめ》がやんで、いいお天気《てんき》になりましたよ」

「お母さん、どんな日でもみんないい日なのよ」

「まあ、道雄、お前《まえ》、いつ、そんなえらいことをおぼえたの？」

「たのしい心と、元気なお顔、あいだの段段《だんだん》は、笑いごえ。

夢《ゆめ》でひろったはしごです。お母さん、僕《ぼく》、外《そと》へいって遊《あそ》んできます」

「夢でひろった、は、し、ご、だなんて、まあ、あの子は、おもしろいことをいって。ほほほほほ」お母さんはひとりで笑いながら、そのあとを見おくっていらっしゃいました。


（『四季のおくりもの』一九四九年［昭和二四］愛育社）

ミドリの人形

壁《かべ》によりかかってずらりと並《なら》んだお人形《にんぎょう》さん、赤《あか》いちりめんの帯《おび》をしめた、おかっぱさんの人形もあれば、かすりのつつそでを着《き》たぼっちゃん人形もあり、ママ、ママと声を出す西洋《せいよう》人形もあります。熊《くま》の子《こ》もあれば、白犬《しろいぬ》もうさぎもおなかま入りしています。

一番大事《いちばんだいじ》なのは、百合子《ゆりこ》ちゃんという人形、これはざぶとんの上にのせてありますのに、セルロイドのキューピイはかわいそうに、はだかのままで、ころがしてあります。

ミドリはこのお人形がどれもどれも大事《だいじ》なのです。はだかんぼでほうってあるキューピイも、やっぱり大事なのです。子熊《こぐま》はずいぶんきたなくなっていますが、やっぱりこれも大事で、どれでもみんな持っていたいのです。

それですのに、おかあさんはけさこうおっしゃいました。

「ミドリさんや、あなたはこんなにたくさんお人形を持っているんですから、一つもない子どもさんに分けてあげるといいのねえ。あんまりたくさんあると、かえって大事にできなくなるんですよ。つい、たたみの上へほうりだしといて、ふみつぶしたりするものです。お人形が一つもなくてさびしがっている子どもさんもあるんだから、そういうお子さんにあげるといいのね」

ミドリさんはおかあさんのおっしゃったことが気に入りませんでした。

「ねえ、百合子ちゃん、あたしはお前をけっしてよそへやらないわ。お前だけじゃないのよ。ほかのお人形もどれだってみんな大事なんですもの。よその人にはあげられないわ」

こんなことを一人で言いながら、ミドリはそこに並べたお人形を一つずつながめていましたが、ながめているうちに、きのう幼稚園《ようちえん》で先生《せんせい》からお聞きしたおはなしを思《おも》い出《だ》しました。きょうは日曜日《にちようび》で幼稚園はお休《やす》みです。

きのうのおはなしは「開《ひら》いた掌《てのひら》と握《にぎ》りこぶし」というおはなしでした。

和雄《かずお》ちゃんという子があって、とても欲張《よくば》りで、何《なん》にも人《ひと》にはあげないで、自分《じぶん》ひとりでみんな持《も》っていたがりました。

おかあさんが和雄ちゃんに「手《て》をおひらきなさい。手の中に握《にぎ》るばっかりではいけません。ぱっとひらいて手の中のものを分《わ》けてあげなさいね」といつもおっしゃるのですが、それを聞《き》くと、なおさら和雄ちゃんはしっかりと握りこぶしをこしらえてしまって、どうしてもひらきませんでした。

ある晩《ばん》のことでした。和雄ちゃんのまくら元《もと》へやさしい、やさしいおじいさんがどこからかやってきました。おかあさんもいっしょについていらっしゃいました。おかあさんはたいへん心配《しんぱい》そうな顔《かお》をしながら、

「いかがでございましょう、手をひらいておりますでしょうか」

と、和雄ちゃんの眠《ねむ》っているところをのぞき込みました。

「おやおや、固《かた》い握りこぶしだ。これじゃあ仕方《しかた》がないな。せっかく、おみやげをたくさん持ってきたのだが、こんなに固く握っていては、入れてやることができない。

わたしは手をひらいて、持っているものをほかの人たちに分ける子が好きだ。そういう子どもにはまたあとからたくさんやるものがあるのだが、欲張りっ子には分けてやるものはない。残念《ざんねん》だが帰《かえ》ろう」

おかあさんはそれをとめて、「どうぞ、どうぞ、ちょっとのあいだお待《ま》ちくださいまし。今、私が握りこぶしをひらかせますから」とお願《ねが》いしましたが、不思議《ふしぎ》なおじいさんは、

「いや、待《ま》っていることはできない。ほかのところに手をひらいている子どもたちが大勢《おおぜい》待っているから、そっちへ早《はや》く行かなければならない」と言って、さっさと帰ってしまいました。

二人《ふたり》の話《はな》し声《ごえ》でだんだん目《め》がさめてきた和雄ちゃんは、このとき急《きゅう》に大きな声で、

「ひらきます、ひらきます。僕《ぼく》、わるかったことがわかりました。あのおじいさんを呼《よ》んでください、おかあさん」と言いますと、

「なんですね、和雄ちゃん、そんなに大きな声を出して、夢《ゆめ》でも見たんですか」

と、おかあさんが飛《と》んでいらしったので、和雄さんは、

「ああ、よかった。夢だったんだな」と言ってそれから欲張《よくば》りがなおりました。

こういうおはなしをミドリはきのう幼稚園《ようちえん》でうかがったのです。それを思《おも》い出《だ》しますと、

「ああ、そうだわ。あたしも握《にぎ》りこぶしみたいなお心《こころ》になっていたのね。さあ、お心をひらきましょう、お心も手《て》もいっしょにひらきましょう。ひらいたお手で、お人形《にんぎょう》を持《も》って、あげてきましょう」と言って、壁《かべ》によりかかっているなかから、一《ひと》つ綺麗《きれい》なママ人形を取って、おかあさんのところへ行きました。

お裁縫《さいほう》をしていらしったおかあさんはたいへんにお喜《よろこ》びになって、

「さあ、それじゃあ二人《ふたり》でこのお人形をみっちゃんのおうちへ持っていきましょう。おかあさんは、けさみっちゃんのおかあさんにお仕事《しごと》をたのみにいったら、みっちゃんが病気《びょうき》で寝《ね》ていて、お人形が欲《ほ》しいと言って泣《な》いていたのを聞いたの。それであなたに一《ひと》つ、ほかの方《かた》に分《わ》けておあげなさいって言ったんですよ」

「あら、それじゃお人形を欲しがってたのみっちゃんなの、あたし、みっちゃん大好

きだから、あげるのとても嬉《うれ》しいわ」

おかあさんとミドリが、みっちゃんのところへママ人形を持って行きましたときのみっちゃんのお目の大きくなったこと。

おふとんの中で手をたたいて「うれしいな、うれしいな、ママ人形がきた。うれしいな」と大喜《おおよろこ》びでした。

それを見たミドリはほんとうにいいことをした。握りこぶしのおはなしを思い出してよかったと思いました。


（『たんぽぽの目』一九四一年〔昭和一六〕鶴書房）

動物の相談会

これは面白《おもしろ》いこと、何《なん》のおあつまりでしょうか。小馬《こうま》に犬《いぬ》に、白《しろ》うさぎが二羽《にわ》、からだじゅうまっくろで目《め》ばかりピカピカ光《ひか》った黒猫《くろねこ》、それに可愛《かわい》らしいカナリアまでもまじっております。

いったいこれはなんでしょう、動物園《どうぶつえん》にしては、大《おお》きな恐《おそ》ろしい獣《けもの》がちっともおりません――あれあれ白うさぎが二羽でしきりに長《なが》い耳《みみ》をこすりあっています。おや一羽のほうが何か言っています。小《ち》いさな声《こえ》で言っていますから、ちっとも聞こえません。

ここは田舎家《いなかや》の裏庭《うらにわ》らしいところです。今日《きょう》は犬や小馬の相談会《そうだんかい》があるらしいのです。なるほど、小馬が大将《たいしょう》でこれから何《なに》かお話《はなし》を始めるようですから、よく聴《き》いておりましょう――

「ねえ、みなさん、これじゃあとても苦《くる》しくてたまりませんから、これから三郎《さぶろう》さんのお相手《あいて》はいっさいしないことにしましょうよ。三郎さんの乱暴《らんぼう》にはほんとにいやになってしまう。まるで僕《ぼく》たちの王様《おうさま》のつもりになって、僕の上に乗《の》ればむやみに鞭《むち》でピシリピシリとたたくし、犬君、君だってずいぶんくやしいでしょう。毎日毎日《まいにちまいにち》お菓《か》子《し》を見せびらかされては、むやみに『お預《あず》けお預《あず》け』ばっかりさせられて、食《た》べようとすれば叱《しか》られてさ、ほんとにあんなつまらないことってありゃしません。白《しろ》うさぎのご兄弟《きょうだい》だって、いくら飛《と》ぶのが好《す》きでもああ追《お》いかけまわされちゃあたまりませんね。黒猫《くろねこ》さんだってあれでよく尻尾《しっぽ》が抜《ぬ》けちまわないと思うくらい、引《ひ》っ張《ぱ》りまわされるんですものね。カナリアさんきのうはずいぶん怖《こわ》かったでしょう。あんなに籠《かご》を振《ふ》りまわされちゃあ、目《め》がまわって歌《うた》も歌えなくなりますねえ。

これじゃあ僕たちも毎日毎日つらくてたまらないから、どうです、みなさん、もうこれから三郎さんの相手はよすことにしませんか。犬君は今日三郎さんが出てきて、いくら棒《ぼう》きれを投げるふりをしてみせても知《し》らん顔《かお》をしているんです。兎吉《うさきち》さんと耳《みみ》助《すけ》さんのご兄弟は病気《びょうき》のふりをして、いくら三郎さんが口笛《くちぶえ》を吹《ふ》いてもピョンピョン飛びだすのはおやめなさい。黒猫さんは三郎さんが見えたらすぐかくれてしまったら

いい。カナリアさんは歌《うた》なんか忘《わす》れておしまいなさい。僕《ぼく》は今度《こんど》いくら三郎《さぶろう》さんが手《た》綱《づな》を引《ひ》いたって、鞭《むち》でぶったって、知《し》らん顔《かお》をして自分《じぶん》の勝手《かって》のところへ行ってやることにします。こうして少し三郎さんを困らせてやりましょう。そうしたらきっと少《すこ》しはおとなしくなって、僕たちにも親切《しんせつ》にしてくれるようになるかもしれない。いくらお金持《かねもち》の坊《ぼっ》ちゃんで、たくさんの動物《どうぶつ》を飼《か》えるからっていってもあんまり自分の勝手ばかりするから、憎《にく》らしくなってしまう」

小馬《こうま》のお話はずいぶん長《なご》うございました。この日カナリアは籠《かご》の格子《こうし》が少しゆるくなっていたあいだから抜けだして、この動物の相談会《そうだんかい》へ来たのですが、そのカナリアが可愛《かわい》らしい声《こえ》で、小馬の次《つぎ》に口《くち》をあきました。

「でもそれじゃあ、あんまり意地《いじ》わるではありませんか。三郎さんは私たちには悲《かな》しいことも苦《くる》しいこともないのだと思って、あんなに私《わたし》たちをからかったりいじめたりなさるのでしょうから、私たちでもやっぱり人間《にんげん》の子どもさんたちと同じように、痛《いた》いこともいやなこともあるということをよくわかるように話してあげましょうよ。そうすればきっともっと親切《しんせつ》になりますよ」

物置《ものおき》の陰《かげ》でさっきからの相談を聞いていた三郎さんの目《め》には涙《なみだ》がいっぱいになりました。

「ああ悪《わる》かった、今までほんとに僕《ぼく》は乱暴《らんぼう》だった。カナリアに恥《は》ずかしい。もうわかった。僕に話してくれなくても、すっかり聞いてしまったよ。これからほんとにお前《まえ》たちも僕とおんなじように嬉《うれ》しいこともいやなこともわかるのだということを覚《おぼ》えていようね。さあ兎吉《うさきち》、仲直《なかなお》りのしるしに一飛《ひとと》び飛ぼう」と、ピョンと足を上げて走りだした拍子《ひょうし》に眼がさめました。今のは夢《ゆめ》でした。三郎さんはいそいで裏庭《うらにわ》へ行って、今までさんざんいじめた小馬や犬や猫の頭をなでながら、「ごめんよ」とやさしく言いました。

（『お山の雪』一九二八年［昭和三］青蘭社書房）

花の時

あるところに一人《ひとり》の女《おんな》の子《こ》がありました。ふさふさとした髪《かみ》の毛《け》をかわいいおかっぱさんにして、赤《あか》いメリンスの着物《きもの》を着《き》て、お飯事《ままごと》をしたり鬼《おに》ごっこをしたりして遊《あそ》んでいるところは、他の女の子とちっとも違《ちが》いませんでしたが、たった一《ひと》つ、たいへんに他の子どもとは違ったところがありました。

どういうものか、この笑子《えみこ》さんは、お庭《にわ》や野原《のはら》の木《き》とお話《はなし》をすることができたのです。

「そんなことがあるもんか、木とお話ができる者《もの》なんてどこにもいやしない」

とみなさんはおっしゃるでしょう。けれども、笑子さんには、それができたのです。

なぜできたのか、私にもわかりませんが、たぶんお伽話《とぎばなし》のお嬢《じょう》さんだったから、できたのだろうと思います。

笑子さんのお父様《とうさま》は大層立派《たいそうりっぱ》な花園《はなぞの》を持っていました。春《はる》になってお庭と果物園《くだものばたけ》の花が咲《さ》きそろうと、笑子さんはきっと、そこへ行って、綺麗《きれい》に花の咲いている木の下で、いろいろの面白《おもしろ》いお話をいたしました。

さて、果物園《くだものばたけ》の隅《すみ》のほうに、一本《いっぽん》の梨《なし》の木《き》がありました。笑子さんはこの梨の木と大変《たいへん》に仲《なか》よしで、花が咲きだすと、毎日《まいにち》のようにそばへ行っては話をしていました。けれども冬《ふゆ》から春の初《はじ》めにかけて梨の木が花もなく、ポツンとぼんやり立っているときには、どういうわけか、まるでそばへも寄りつきませんでした。

笑子さんが初めて梨の木のところへお話に行った朝のことでした。蜂《はち》が五、六匹《ぴき》ブンブンブンブン唸《うな》りながら、梨の木をたずねてきました。この蜂どもも、やっぱり今朝《けさ》、久しぶりで、訪ねてきたのでした。

笑子さんがいくらお話をしても、梨の木はプンとしていて、ちっとも相手《あいて》になってくれませんので、仕方《しかた》なくぼんやり立っていました。見ていると、蜂はしきりにブンブンいって梨の木と春の御《ご》挨拶《あいさつ》をしています。なかでも一匹の蜂は大変、面白そうに、ブンブンブンブンと一生懸命《いっしょうけんめい》にお話をしていました。

やがて蜂《はち》が帰《かえ》ってしまってから、笑子《えみこ》さんは言いました。

「ちょいと、梨《なし》の木《き》さん、ほんとに久《ひさ》しぶりだってね。大変《たいへん》に綺《き》麗《れい》に花《はな》が咲《さ》いたのね。今年《ことし》は去年《きょねん》よりも、綺麗よ。きっとおいしい果《み》がなることよ。嬉《うれ》しいわ」

梨の木はやっと口を開いて、

「笑子さん、ほんとにお久しぶりですね。私は冬《ふゆ》じゅうずいぶん淋《さび》しゅうございましたよ。でもこれからしばらくは花が咲いていますから、毎日《まいにち》いらっしゃるでしょう。花のあるあいだは蜂《はち》も来ますし、賑《にぎ》やかになります」

「ほんとに御無沙汰《ごぶさた》しちまったわね。あの蜂たちも去年から初《はじ》めてなんでしょう。あのねえ、梨の木さん、あなた、あの大きい蜂と大変に面白《おもしろ》そうにお話していたわね。どうしてあんなに仲《なか》がいいの？」

と笑子さんが聞きますと、梨の木が、

「それはあの蜂が一番親切《いちばんしんせつ》だからです。他《ほか》の者《もの》は私のところに花があるときだけしか訪《たず》ねてくれませんが、あの大きい蜂だけは、夏《なつ》になってすっかり花が落《お》ちてしまってからも、ちょいちょい、寄《よ》ってはいろいろのお話を聞かせてくれましたの。花がなく

なるともう蜜《みつ》がありませんから、なかなか他《ほか》の蜂《はち》は来ませんのよ」

と答《こた》えましたので、笑子《えみこ》さんは心《こころ》の中《なか》で、ああほんとうにそうだ、あたしも綺麗《きれい》な花《はな》とおいしい果《み》のあるときばっかり来て、葉《は》っぱばかりの淋《さび》しい夏《なつ》や、黒《くろ》くなってポツンとしている冬《ふゆ》はそばへも寄《よ》らなかったのはわるかったと思《おも》いました。

それから笑子さんは、お庭《にわ》や果物園《くだものばたけ》の木を夏も冬も春《はる》も秋《あき》も、一年《いちねん》じゅう大事《だいじ》にしてやり、冬のあいだも時々《ときどき》は訪《たず》ねていっては、

「早《はや》く芽《め》を出《だ》せ、早く咲《さ》け」

と言ってはさすって可愛《かわい》がってやりましたとさ。


（『お山の雪』一九二八年［昭和三］青蘭社書房）

春子の夢

春子《はるこ》は外《そと》へ遊《あそ》びに出《で》ようとしていました。

「春子や、春子や、片《かた》づけないで出て行っちゃいけませんよ。おもちゃをしまってから外へ行くんですよ」と、おかあさんがうしろから呼《よ》びました。

「おかあさん、少《すこ》し遊《あそ》んできてからでいいでしょう。あたし、くたびれちゃったのよ。表《おもて》へ出《で》て、風《かぜ》にあたりたいわ」

「いけません。お部屋《へや》のお掃除《そうじ》ができてからお遊びなさい。きのうのお掃除は、たいへん乱暴《らんぼう》なやりかたでしたよ、本《ほん》は本棚《ほんだな》へ、おもちゃは一《ひと》つ残《のこ》らずおもちゃ箱《ばこ》へしまって、よくはいてからでないと、外へは出られません」

春子はむずかしい顔をしました。けれどもおかあさんのおっしゃることは、きかないわけにはいきません。おかあさんはおっしゃったことをけっしてかえないのです。

子《こ》ども部屋《べや》へ行ってみますと、おかあさんから言われたとおり、ずいぶんきたなく散《ち》らかっていました。本《ほん》はたたみの上《うえ》にほうりだしてありますし、テーブルの上にはおはじきだの、お手玉《てだま》だの、針箱《はりばこ》だのがめちゃくちゃにのっていますし、人形《にんぎょう》の着物《きもの》の縫《ぬ》いかけはあっちこっちのすみや机《つくえ》の下《した》にまで散《ち》らばっています。やっとのことで、春子《はるこ》はそれをみんな拾《ひろ》いあげそれぞれの場所《ばしょ》へ片《かた》づけました。

ちょうどこのとき、窓《まど》の外《そと》をクラ子ちゃんが通《とお》りかかりました。

「クラ子ちゃん、待《ま》っててちょうだい。ここのお掃除《そうじ》がすんだらすぐ行くのよ。いっしょに行くから待っててらっしゃいよ」

けれどもクラ子は待ってくれませんでした。

春子は机の上につっぷして泣きだしました。

「みんながあたしをほうりっぱなしにして、意地《いじ》わるするのね。クラ子ちゃん、待ってくれればいいのに、おいてけぼりして、ひどいわ、ひどいわ、ひどいわ」

急《きゅう》に、目《め》の前《まえ》へ二人《ふたり》の女《おんな》の子《こ》があるいてきました。お人形のとおりの女の子です。ベラという名がつけてある西洋《せいよう》人形と、ユリ子という日本《にほん》人形のとおりの顔《かお》をした二人の女の子です。ユリ子はたもとの着物《きもの》、ベラは洋服《ようふく》です。人形のとおりの顔ですが、からだの大きさは春子と同じくらいです。

春子は起《お》きあがろうとするのでしたが、身《み》動《うご》きができませんでした。

「着物をぬがしちまいましょうよ」と、ベラが言いました。

「そうよ。おこして、髪《かみ》をとかしましょうよ」と、ユリ子が言いました。

ここで春子にはすっかりわかりました。自《じ》分《ぶん》は人形になって、そして人形たちが人間の女の子になったのです。

人形の女の子たちは春子の着物をぬがせて、ねまきを着せました。とても乱暴《らんぼう》に、ぐんぐんひっぱるのです。

「今度《こんど》は髪をとかしてやりましょう」と言うのですが、それはそれは、ひどいとかしかたで、春子は髪《かみ》の毛《け》が根《ね》からぬけてしまいはしないかと思《おも》ったくらいです。

「ねえ、こんなふうに、ぐいぐい引《ひ》っ張《ぱ》られるの、いい気持《きもち》でしょうかね」

と、ユリ子人形の女の子が言いました。

「これでよくわかったでしょうよ、痛《いた》いってことが」

と、ベラ人形《にんぎょう》の女《おんな》の子《こ》が言いました。

「ねえ、ベラちゃん、ねまきにしたけれど、また着物《きもの》を着《き》せて外《そと》へ連《つ》れていきましょうよ」

急《きゅう》に気《き》がかわったユリ子とベラは、春子《はるこ》にうすい白《しろ》い洋服《ようふく》を着せました。

「さあ、これから寒いところへ連れていきましょうよ。いつでもあたしたちをぶるぶる寒《さむ》がらせるとおりにね。あたしたち、うすい服《ふく》で、外《そと》へ投《な》げだされたりするんですものね」

春子は寒くてがたがたふるえだしました。二人の女の子は、春子を外へ連れていこうと言ったことなんか忘《わす》れてしまって、今度《こんど》はぽんとむこうのすみへほうりなげて、おはじき遊《あそ》びにむちゅうになりだしました。

「いったい、あたしはいつまでこうやっているんだろう。このまま、忘れられてしまうのかしら」

春子は心配《しんぱい》しながらふとわきを見ますと、熊公《くまこう》がこれも自分と同じように、ほうりだされていました。

「ああ、熊《くま》さん、どうしてこんなところにいるの」

「僕《ぼく》ねえ、きのうからこうやって捨《す》てられてるんだよ。ここのうちの女の子ってとても乱暴《らんぼう》でね、ちっとも僕《ぼく》たちを片《かた》づけないんだよ。まったく、ここのうちの子はひどい子だ。

いつまでこうやっていなけりゃならないのかわからないよ」

春子はだまって考《かんが》えこんでいました。

このとき、ベラが本箱《ほんばこ》へ本《ほん》をとりにきて、人形がじゃまになるといって、足《あし》で横《よこ》へどけました。ベラはあっちこっちから本を引《ひ》きだしては見ていましたが、これをみんなどかんとたたみの上へほうりだして、

「ユリ子ちゃん、外へ遊びに行きましょうよ」と言いながら、ユリ子を引《ひ》っ張《ぱ》って出ていきました。

熊公はくやしそうに、

「いつでもあのとおりだ。ここのうちの女の子はけっしてあと片づけをしないんだ」

熊公はユリ子人形とベラ人形と女の子が二人いることに気がつかないで、ここの家

のおじょうさんの春子《はるこ》さんだけだと思《おも》っているのでした。

「僕《ぼく》たちのことなんて、けっして考《かんが》えてくれないんだ。僕たちおもちゃに、もし心《こころ》があったら、どんなに悲《かな》しくて、いやな気持《きもち》で、つらいだろうかっていうことなんか、ちっとも考えないんだ」と、熊公《くまこう》はまた言いました。

しばらくすると、お部屋《へや》があきました。二人《ふたり》の女《おんな》の子《こ》が帰《かえ》ってきたのです。つかつかと歩《ある》いてきてもう少《すこ》しで春子のあたまをふみつぶしそうにしました。

「あったいへんだ。つぶされちまう」と言って、春子は思わず飛《と》びあがりました。これで春子は目がさめたのです。机《つくえ》の上《うえ》につっぷしていねむりをしていました。

「あらあら、まだお掃除《そうじ》がすんでないのに、眠《ねむ》っちゃったわ」と言いながら、せっせとお掃除を始《はじ》めました。

「熊公はまさかころがってやしないでしょうね」

と言いながら、机《つくえ》の下《した》の奥《おく》のほうをのぞきますと、いました、夢《ゆめ》で見たとおりに横《よこ》たおしにころがっていました。

「人形《にんぎょう》やご本《ほん》にも心があるのかしら。もしかするとあたしたちと同《おな》じように、いい気《き》

持《もち》やいやな気持がするのかもしれないわ。これからはちゃんと大事《だいじ》に片《かた》づけてやることにしましょう」春子《はるこ》はこう決心《けっしん》しました。おかあさんがきびしくおっしゃって、春子にお掃除《そうじ》をさせてくださいましたおかげで、たいへんいいおけいこをしました。

（『たんぽぽの目』一九四一年［昭和一六］鶴書房）

くしゃみの久吉

久吉《きゅうきち》は国民学校《こくみんがっこう》二年生《にねんせい》です。久吉の何《なに》よりもすきなことは、歌《うた》をつくることで、口《くち》がきけるようになってから、歌よりほかには、ものをいいませんでした。

歌をつくるのは、いいことですが、久吉のようになっては、聞《き》いている人が、きもちがわるくなってしまいます。

何をいうにも、どんな用《よう》があっても、みんな歌にしてうたうのです。

まず、朝《あさ》ごはんのおぜんの前《まえ》にすわりますと、おとうさんと、おかあさんへのあいさつが歌です。

「おはよう、とうさん、おはよう、かあさん、

ごきげんいかが、さあさあ、みんな

そろってたべましょ、たきたてごはんを、

ふうふうふきふき、たべましょう」

やがてごはんがすんで、お茶《ちゃ》になりますと、またまたおきまりの歌《うた》がはじまります。

「ねがいますよ、ねがいます。

お茶を一ぱい、ねがいます」

学校《がっこう》へ行っても、このとおりです。算術《さんじゅつ》の時間《じかん》に、先生《せんせい》が、

「四《よん》に四《よん》をたすと、いくつになります。久吉《きゅうきち》さん、答《こた》えてごらんなさい」

とおっしゃいますと、

「四つと四つ、あわせて八《やっ》つ。

まちがいありません、たしかに八つ
四つと四つは八つです」

先生は、こんな答《こた》えかたでは気《き》に入《い》りません、

「久吉さんもっとまじめに、ちゃんとあたりまえのことばでお答えなさい」

とおっしゃいますが、久吉にはそれができません。何《なん》でもかでも歌《うた》にしなければ言えなくなってしまったのでした。

おとうさんとおかあさんは、大《たい》へんにしんぱいなさいまして、だれにたのんだら、久吉の歌いぐせがなおるだろう。どんなくすりをつけたらいいのだろうと、しじゅう相談《そうだん》していらっしゃいました。

ある日、おかあさんはさかなやのくまさんから、いいことを聞きました。

「代官山《だいかんやま》の峠《とうげ》の一けんやに、おばあさんがあって、そのおばあさんは、いろいろのびょうきをなおすやく草《そう》(くすりになる草)を畑《はたけ》に作って売っている」

というのです。代官山といえば、町《まち》を少《すこ》し出たところにある山《やま》、その峠ならたいして遠《とお》いところでもなし、久吉の歌うのは、まあびょうきのようなものだから、ひとつ、そのおばあさんのところへ行って、相談してみようかしら、なんでもかでも歌にしてしまう、おかしなくせをなおすやく草があるかどうか、きいてみることにしよう……と、おかあさんはおかんがえになって、すぐに、代官山の峠の一けんやまで、上《のぼ》っていきました。

峠のおばあさんの年《とし》は、いくつぐらいなのでしょう。もうずいぶんの年寄《としより》に見えました。子どものように小さなからだで、かみの毛《け》がまっ白《しろ》で、かわいらしいすがたを

していましたが、はなだけが小さなおかおのまん中に、すばらしく高《たか》くつきでており
ました。
　おかあさんの話《はなし》を聞《き》くと、しばらくじいっとかんがえていましたが、やがて、
「それはね、一度《いちど》でいいんです。たった一度でいいから久吉《きゅうきち》さんがあたり前《まえ》のことば
で話《はなし》をしさえすれば、それがあたらしいくせのはじまりになって、歌《うた》うくせはなお
ますがな」
　といいました。おかあさんはむちゅうになって、からだをのりだしながら、
「まあ、そうですか、わたくしも、どうかして、いっぺんだけでも歌わせずに、もの
をいわせようと、ずいぶんしかってもみましたが、どうしてもだめです。おばあさん、
あなたなら、きっと何《なに》かいいおくすりを知《し》ってなさるだろうと思《おも》って、ここまで来た
のですから、どうか力《ちから》をかしてくださいい」
「じゃあ、一《ひと》つやってみますか、わたくしが久吉さんの歌うくせをなおしたら、何を
おれいにくださるかね。それを聞いておきましょう」
「あのおかしなくせがなおりさえすれば、なんでも、あなたのすきなものをあげます

よ。言ってごらんなさい」

「じゃあ、注文《ちゅうもん》しますがね、森《もり》の小鳥《ことり》たちのいうには、今年《ことし》の冬《ふゆ》は、今《いま》までにない寒《さむ》さだろうってことなんです。年《とし》をとると、はなの先《さき》がひえて、霜《しも》やけができて困《こま》りますからな、わたしののぞみは、ケットを三枚《さんまい》もらって、一枚《いちまい》で顔《かお》をくるみ、一枚で足《あし》の先《さき》をまき、もう一枚を、あたまの上からすっぽりかぶりたいのですから、ケットを三枚くださいませんか」

「ケットの三枚や四枚、なんでもありません。やわらかくて、あったかくて、重《おも》たくないのを、きっとあげますから、久吉のことは、ぜひおたのみします」

「では、あした、わたしのところへ、連《つ》れておいでなさい。きっと歌わせないで、話をさせてみますから。一度あたり前に話すくせがつけば、もうしめたものです」

翌日《よくじつ》になりました。久吉はおかあさんに連れられて、峠《とうげ》のおばあさんの一けんやへ行きました。

「おうおう、よう来《き》なさったな。あんたは、においぶくろというものを知ってなさるかな。これが、においぶくろというものだがな。それちょっと、かいでごらんなされや」

「これは、おばあさん、ありがとう、ぼくははじめて――」

と、歌《うた》いだそうとするよりはやく、おばあさんが、いきなり久吉《きゅうきち》のはなの先《さき》へ、においぶくろをおしつけました。

「はっはっ、はっ、はっくしょん……おやっ、ふしぎだなあ……はっはっ、はっくしょん……フ、はっ、シ、くしょん、ギ……はっくしょん」

というぐあいで、くしゃみが出てきて、どうしても歌《うた》がつづきません。

立《た》てつづけに出《で》るくしゃみに困《こま》りきって、ハンケチをさがしている久吉の手の中へ、おばあさんが、あたらしい手ぬぐいを持たせてくれました。それではなをおさえたら、またまたくしゃみのれんぱつです。それもそのはず、おばあさんが、においぶくろの中へつめておいた、きざみたばこのこなが、この手《て》ぬぐいにも一ぱいにふりかけてあったのです。

やっと、くしゃみがしずまったときには、久吉はさっき歌いかけた歌のことなんか、すっかり忘《わす》れてしまって、おかあさんをせきたてて、さっさとかえってしまいました。

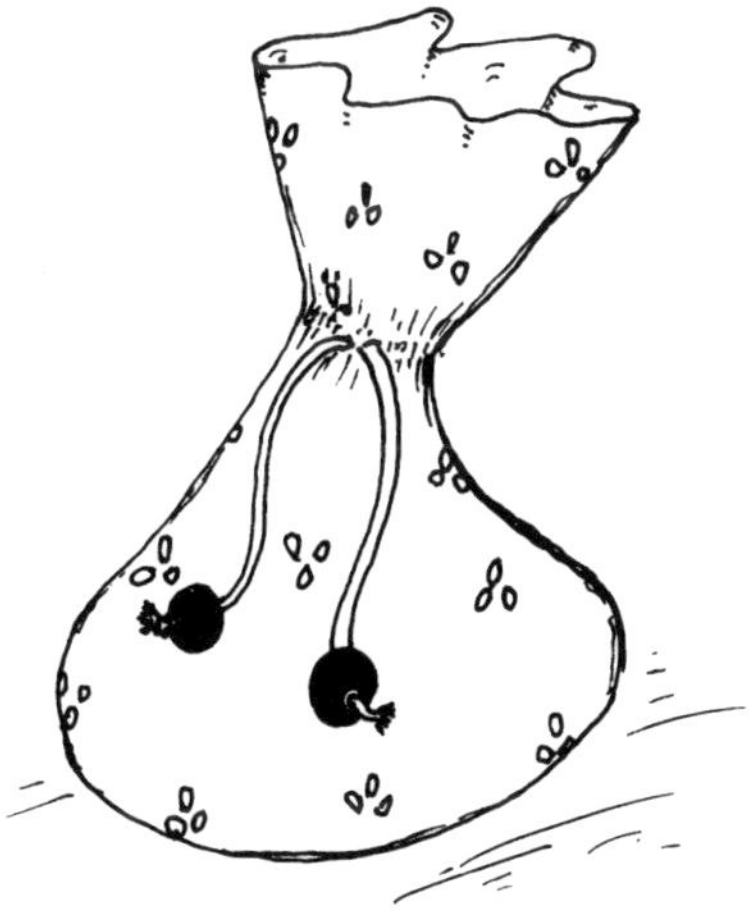

おかあさんとおばあさんは、ちらりと目《め》と目を見合《みあ》わせて、うれしそうに笑《わら》いました。それきり久吉の歌いぐせはなおりましたし、おかげで峠《とうげ》のおばあさんは、三枚《さんまい》のケットにくるまって、あたたかい冬を送りました。

(『たんぽぽの目』一九四一年〔昭和一六〕鶴書房)

不思議なお面

いつの世《よ》かわからないほど昔《むかし》のことです。

あるところに強《つよ》い王様《おうさま》がありました。自分《じぶん》が強いうえに、また、たいへんに強い兵隊《へいたい》をたくさん持《も》っておりましたので、戦争《せんそう》は勝《か》ちつづけ、国《くに》はますます大《おお》きくなるばかりでありました。

王様には、まだお妃《きさき》がありませんでした。王様のほしかったのは、となり国の王様のお姫様《ひめさま》でした。

それはそれは、うつくしいお姫様、おうつくしい顔《かお》と同《おな》じように、お心《こころ》もうつくしく、ほんとに、大きな国のお姫様として、申《もう》し分《ぶん》のないりっぱな方《かた》でした。

強い王様はぜひ、あのお姫様をこの国のお妃にほしいと思うのですが、こまったことがありました。

この王様《おうさま》は、なにをしてもきっとうまくできるので、すっかり傲慢《ごうまん》になっておりました。家来《けらい》たちにたいしても、やさしいところがありません。ただ、鉄《てつ》のようなかたい強《つよ》い心《こころ》で、なんでもこうと思《おも》ったことはやりとげるだけですから、きびしいことと、強情《ごうじょう》なことにかけては、かなうものはありませんでした。

家来たちは、王様をおそれるだけで、愛《あい》することもおしたいすることもできませんでした。

こうして、友《とも》だちは一人《ひとり》もなくくらしていられた王様は、年月《ねんげつ》とともに、だんだん心《こころ》がかたくなるばかり、それといっしょに顔《かお》もおそろしくいじわるそうになってしまいました。

王様のお笑《わら》いになったのを見たことがない――御殿《ごてん》のなかのものたちは、いつもこういい合っておりました。

その王様が、これはまた、にてもにつかぬ、となり国の天《てん》の使《つか》いのようなお姫様《ひめさま》を、お妃《きさき》にほしいとおっしゃったのでは、お姫様のほうでは、王様のお顔を見ただけで、びっくりして、おことわりがあるのは知れたこと。ながいあいだ、わがままをしつくしてきた王様も、はじめて後悔《こうかい》いたしました。

が、知恵《ちえ》のある王様ですから、いい工夫《くふう》を思いつきました。さっそくに、彫刻師《ちょうこくし》をおよびになって、

「私《わたし》の顔に、ピッタリつくように、うすい臘《ろう》のお面《めん》をつくってくれ。この私のきびしい顔とはちがった、やさしい、にこやかな顔をつくるのだ。私は一生涯《いっしょうがい》、これをとろうとしないから、できるだけうすくつくり、私の顔からはなれないように、しっかりとつけてくれ」

「かしこまりましてございます。わたくしもいっしょうけんめいにつくらせていただきますが、このお面をおつけになるには、一《ひと》つのむずかしいことがございます。お面は愉快《ゆかい》な人《ひと》の顔のお面をつくってまいりますが、そのかわりに、王様はそれをおつけになっている下《した》で、おおこりになったり、じれたりなさってはいけません。いつでも、お面と同じようなお顔を、下でなさっていらしっていただかなければ、せっかくかぶっていらしっても、上《うえ》と下と合わなくなっては、お面がやぶれてしまいます。いかがでございましょう、こういうむずかしいきそくがおまもりになれましょうか？」

いつでも、むずかしい顔《かお》ばかりしていた王様《おうさま》は、これはとてもできそうもないことでしたが、意志《いし》のかたい王様ですから、

「よし、いったん自分《じぶん》の心《こころ》で、いつもやさしい顔をしていようとけっしんしたら、きっとやりとげられるだろう」

と、思《おも》いましたので、

「よろしい。お前《まえ》のいうとおりにするから、さっそくつくってこい」

と、めいれいしました。

さて、できあがってきたお面《めん》を見《み》ますと、まことにりっぱなものです。ふだんの王様とはまるでちがった、にこやかな顔。うすい臘《ろう》でつくって、ぴったりと王様のお顔につけてしまいました。

「王様、これをおつけになりました以上《いじょう》、よくよくご注意《ちゅうい》あそばしまして、けっしておおこりになりませんよう、なにかご立腹《りっぷく》のことがありましても、じいっとがまんなさいまして、その気持《きもち》がおちつくまで、なにごともおっしゃらないようにあそばしてくださいませ。いつもこのお面と同じような、やさしいお顔さえなさっていらっしゃ

むずかしい顔
にこやかな顔

れば、このお面《めん》は一生《いっしょう》形《かたち》がくずれませんから。そして、もう一《ひと》つのことがございます。これは一度《いちど》おつけになったら、二度《にど》とつけなおすことはできませんから、どうぞこれがおそろしいお面にかわりませんようご注意《ちゅうい》ねがいます」

こういって、彫刻師《ちょうこくし》は王様《おうさま》にお面をかぶせていきました。

色は王様のお顔《かお》とそっくりの色《いろ》、目《め》鼻立《はなだ》ちも同じなのですが、お面のほうはやさしく、にこやかにできているのです。

それをつけて、王様は、となり国の王様にあいにいらっしゃいました。そして、お姫様《ひめさま》をお妃《きさき》にほしいと申《もう》しこみました。

さっそく、相談《そうだん》がきまりまして、やがて、お姫様はこちらのお国《くに》のお妃としていらっしゃいました。それからのち、王様は彫刻師とのやくそくをおぼえて、いっしょうけんめいにかんしゃくをおさえ、やさしい顔をするようにつとめて、しばらくのあいだをすごしました。

お妃様は、王様がお面をかぶっていらっしゃるなどとは、夢《ゆめ》にもごぞんじありません。いつでも同じような、しずかな、やさしいお顔をしている王様を心《こころ》からおうやまいして、世のなかに、こんなにえらい方《かた》はないと思《おも》っておりました。

だんだん王様はくるしくなってきました。自《じ》分《ぶん》は妃をだましている、こんなうつくしい心がけの正直《しょうじき》な妃をだまして、さもさもいい人のように見せかけているのがはずかしいと思いはじめますと、もうたまりません。自分は、ほんとうは人のいやがるようなみにくい顔、かんしゃくもちの顔なのだと見せてしまったほうが、ずっとらくだと思いましたので、いぜんの彫刻師をお呼《よ》び出《だ》しになりました。彫刻師はびっくりして、

「でも、王様、今おとりあそばしたら、もう二度とはおつけできませんが、よろしゅうございますか」

「なんでもよい。私はどんなみにくい顔でも見せてしまったほうが、人をだましているより安心だ」

と、王様がおっしゃいますので、彫刻師もしかたなく、お面をはがしました。

王様は、こわごわ鏡《かがみ》の前に立ちました。いくら後悔《こうかい》しても、もうおそいことではあるが、なぜ、もっと早《はや》く気《き》がついて、自分のわがままをおさえることをしなかったろ

う。そうしたら、こんなおそろしい顔《かお》にはなっていなかっただろう。このおそろしい顔を見たなら、妃《きさき》は、どんなにおどろくことであろう……とおそるおそる鏡《かがみ》のおもてを見ました。

すると、どうでしょう。そこにうつったのは、今しがた彫刻師《ちょうこくし》にいいつけてとらせたお面《めん》そのままの顔でありました。

「ありがたい！　ありがたい、神様《かみさま》、ありがとうございました」

と王様は、うれし泣《な》きに泣《な》きました。

お妃様には、ほんとうの顔とお面のちがいなどは、もちろん、わかろうわけがありませんでした。いつもかわらぬ王様のおやさしい顔に、感心《かんしん》していらっしゃるばかりでした。

王様は、人の心持《こころもち》が顔にあらわれることを、こうして、自分の顔でためしてみることができました。それからというもの、じっと心をおさめて、いつでも、しずかな、おだやかな顔をしているように勉強《べんきょう》なさいました。

（『花になった子供星』一九四八年〔昭和二三〕美和書房）

黒兵衛物語

春《はる》も末《すえ》の五月のことでした。大助《だいすけ》と美代《みよ》ちゃんの兄弟《きょうだい》は森《もり》へ遊《あそ》びに行って花《はな》をつんでいますと、すぐ近《ちか》くの木《き》の茂《しげ》みの中《なか》から「カア、カア、カアア……」と心細《こころぼそ》そうにないている烏《からす》の声《こえ》がきこえました。あんまり情《なさけ》なさそうな声を出しますので、二人はつみかけの花をそこへおいて、なき声のするほうへかけてゆきました。

茂《しげ》り合《あ》った枝《えだ》を分《わ》けて探《さが》しますと、まだ飛《と》ぶことも知《し》らないらしい仔烏《こがらす》が、大《おお》きな口《くち》をあけて、長《なが》いまっかな舌《した》をつきだして、「カア、カア」と悲《かな》しい声を出して、助《たす》けを呼《よ》んでいるのでした。高《たか》い木の上の巣《す》の中からころがり落《お》ちて、こんなところへ引《ひ》っかかって困《こま》っているらしい様子《ようす》でした。

葉《は》の茂った小枝のあいだへ落ちたので、別《べつ》に怪《け》我《が》はしていないようでしたが、このままにしておけば、死《し》んでしまうのはたしかでした。

「美代《みよ》ちゃん、どうしよう？　父《とう》さんは烏《からす》は大嫌《だいきら》いだねえ」

「ええ。でも、それは畑《はたけ》を荒《あ》らすからなのよ。お家《うち》に飼《か》っておけば、畑のものなんか食《た》べやしないから、父さんはお怒《おこ》りになりゃしないと思《おも》うわ」

「そうだねえ。美代ちゃんの言うとおりだ。じゃあ、可哀相《かわいそう》だから連《つ》れてってやろう」

どうなることかと心配《しんぱい》しているらしく、「カア、カア、カア」とないてさわぐ黒兵衛《くろべえ》を（二人はすぐにこういう名をつけてしまいました）連れてお家へ帰《かえ》ると早速《さっそく》美代ちゃんは藁《わら》を箱《はこ》の中へ敷《し》いてやりました。

「さあ、これが仔烏《こがらす》黒兵衛の住居《すまい》よ。じゃあ、ここでゆっくりお休《やす》みなさいね」と言って、さすってやろうとしますと、「カアア……カア」と不承知《ふしょうち》らしい声《こえ》を出しますので、美代ちゃんはびっくりして後へ退《さが》りました。

大助《だいすけ》がおもちゃのバケツの中へみみずをつかまえてきました。これはたいそう黒兵衛の気に入りまして、夢中《むちゅう》になって食べました。

黒兵衛は一日一日と大きくなりました。親鳥《おやどり》と一緒《いっしょ》にいたら、もう今時分《いまじぶん》は上手《じょうず》に飛《と》べるようになって、自分の食《た》べ物《もの》はどんどん探《さが》してくるのでしょうが、人間《にんげん》の中で育《そだ》っているのでいつになっても、羽根《はね》を使《つか》うことをおぼえません、食べ物は大助が探してきてくれますから、お客様《きゃくさま》のようにじっとしていればいいのでした。

やがて夏休《なつやす》みになりました。もうその時分《じぶん》には黒兵衛は驚《おどろ》くほどの大食家《たいしょくか》になって、大助は毎日みみず掘《ほ》りでとても忙《いそが》しくなりました。大助が餌《えさ》をとりに出かけてゆくうしろから黒兵衛は羽根《はね》をばたばたさせ、カアカアなきながら、お庭《にわ》まで走ってゆきました。そのうちにいつのまにか飛《と》ぶことをおぼえて、大助の行くところへはたいていついていくようになりました。

大助も美代子も、黒兵衛の世話《せわ》は少しもいやがらずに、かわいがってやりました。黒兵衛も二人《ふたり》によくなついて、かわいいことはかわいいのでしたが、いたずらの烈《はげ》しいのには家じゅうの人たちが閉口《へいこう》しました。お母《かあ》さんがお台所《だいどころ》で煮物《にもの》をしていらっしゃると、黒兵衛はいつのまにか飛《と》んできて、料理台《りょうりだい》の上のじゃがいもだの、人参《にんじん》をつまみあげてしまいます。

おかしかったのは、黒兵衛が煙草《たばこ》を吸《す》ったときです。台所の土間《どま》へ誰《だれ》かが吸いかけのバット（ゴールデンバットの略。紙巻きタバコ）を捨《す》てていったのを、黒兵衛《くろべえ》が口《くち》へ入《い》れて噛《か》んでしまいました。火《ひ》は消《き》えていましたので、やけどはしませんでしたが、その代わりには二日のあいだ、なんにも食べずに大好《だいす》きな楓《かえで》の木に止まったきりで、しょんぼりしておりました。

「黒兵衛は死ぬんじゃないかしら？」と美代《みよ》ちゃんと大助《だいすけ》君はずいぶん心配《しんぱい》しましたが、三日目にはまた元《もと》のとおりの元気《げんき》に返《かえ》って、さかんに茶目《ちゃめ》ぶりを発揮《はっき》しました。

大助も美代子も目ざまし時計《どけい》というものがまるでいらなくなりました。もう今《いま》では黒兵衛は楓の木の上で寝《ね》ますので、毎朝《まいあさ》お日様《ひさま》がのぼらないうちから、お家《うち》の方《かた》たちの休《やす》んでいる座敷《ざしき》の窓《まど》へおりてきて、カアカアなきながら、窓《まど》ガラスをつつくのです。大助が起きてきて、

「黒兵衛や、お早《はよ》う！」と言うまではいつまでも呼《よ》んでいるのです。

夏休《なつやす》みもすぎ、秋《あき》の新学期《しんがっき》が始《はじ》まったかと思ううちに、もう十月になりました。寒《さむ》さの早《はや》く訪《おとず》れる山国《やまぐに》では、朝晩《あさばん》の風《かぜ》はかなりからだにこたえるようになりました。ある晩《ばん》のことでした。まだ夜明《よあ》けにはだいぶあいだがあると思われる時分《じぶん》に、しきりに

黒兵衛《くろべえ》が窓《まど》の外《そと》でなきました。大助《だいすけ》は起《お》きあがって、

「黒兵衛や、どうしたの？」

「カア、カア、カアア……」

長《なが》く長《なが》くあとを引《ひ》いたなき声《ごえ》をたてて、しばらく窓べりをあっちこっちと歩《ある》いていたようでしたが、やがて飛《と》んでいってしまいました。夜《よ》が明《あ》けはなれましたが、珍《めずら》しくも黒兵衛の声がしません。その日一日じゅう、誰《だれ》も姿《すがた》を見《み》た者《もの》はありませんでした。
二、三日たちましたが、やっぱり帰《かえ》ってきません。美代《みよ》ちゃんと大助が一番心配《いちばんしんぱい》して方々《ほうぼう》を探《さが》しまわりました。
始終《しじゅう》黒兵衛を叱《しか》ったお母《かあ》さんまでが、

「いたずらをしたってかまわないから出てきてもらいたいねえ。赤《あか》ん坊《ぼう》の時分《じぶん》から育《そだ》てた烏《からす》だから、いなくなると、淋《さび》しくて困《こま》る」とおっしゃって、心配なさいました。

けれども、お父《とう》さんだけは割合《わりあい》に安心《あんしん》していらっしゃいました。

「なあに、大丈夫《だいじょうぶ》だよ。心配することはない。このあいだから森《もり》へ烏《からす》の群《むれ》が幾組《いくくみ》も幾組も来ていたからな、黒兵衛もあの仲間入《なかまい》りをしたにちがいない。夜中《よなか》に、あの烏ど

ものないているのを聞いているうちにじっとしてはいられなくなったんだ。それで行ってしまったんだよ」

大助はなんともいわれない淋《さび》しい気持《きもち》がしました。春《はる》の末《すえ》から今《いま》まで、毎日《まいにち》黒兵衛を養《やしな》ってきた大助としては、これはとても悲しいことなのでした。けれども、どんなにかわいがってやっても、やっぱり鳥は鳥の仲間と一緒《いっしょ》に暮《く》らしたくなるのも無理《むり》はないことなのです。

「あのいたずらっ子め、お友《とも》だちに憎《にく》まれやしないかしら？」と美代ちゃんは女《おんな》の子《こ》らしく、やさしい心配をしてやりました。

「鳥はみんないたずらなんだから、大丈夫《だいじょうぶ》さ」

と、お父さんがおっしゃいました。

「でも、黒兵衛は礼儀《れいぎ》を知ってましたよ、父さん。夜中《よなか》に僕《ぼく》んとこへちゃんと〝サヨナラ〟の挨拶《あいさつ》にきましたもの。

美代ちゃん、黒兵衛の万歳《ばんざい》を言ってやろうよ」

大助と美代子は、大空《おおぞら》を見上げて、

「烏《からす》の黒兵衛《くろべえ》バンザーイ！」と声《こえ》を張《は》り上《あ》げました。

お父《とう》さんもお母《かあ》さんも、二人《ふたり》の声につづいて、

「黒兵衛バンザイ！」

「いたずらっ子の黒兵衛バンザイ！」

「あら、お母さん、そんなことおっしゃっちゃ可哀相《かわいそう》よ」と美代《みよ》ちゃんはどこまでも、
黒兵衛の肩《かた》をもちます。

「じゃあ、お父さんがもう一度、ちゃんと、挨拶《あいさつ》をしてやろう。

〝かわいい烏の黒兵衛クン、さよなら！　いつまでも、まっくろで、元気《げんき》に働《はたら》くんだぞ。さよなら！〟」


（『桃色のたまご』一九三五年［昭和一〇］健文社）

みみずの女王

あるところにたいそう肥《ふと》った、長《なが》い、みみずがおりました。

「あたしのように立派《りっぱ》なからだを持《も》ってるみみずは、どこにもいやしない。お庭《にわ》から道《みち》ばたから、どこからどこまで探《さが》したって、あたしほどのきりょうよしは、見つからないわ」

こんなことを口《くち》に出《だ》して言うほどのいばりん坊《ぼう》でしたから、お庭《にわ》じゅうのみみずは、みんなこの肥ったみみずを嫌《きら》いでした。

「フト子《こ》さんは、どうせあたしたちみたいな者《もの》とはお友《とも》だちになりゃしないのよ。だからさそってあげなくてもいいでしょうよ。ひとりで勝手《かって》に遊《あそ》んでるほうがお好《す》きなんだから」と言って、だれもフト子《こ》のそばへは寄りつきませんでした。

お社《やしろ》の森《もり》の中《なか》にせきれいの親子《おやこ》が巣《す》を作っておりました。お父《とう》さん鳥《どり》、お母《かあ》さん鳥《どり》それから四羽の雛鳥《ひなどり》の一家《いっか》でした。このせきれいの親子《おやこ》は、新《あたら》しくこしらえた綺麗《きれい》な巣《す》に住《す》んでいましたから、大《たい》へんに嬉《うれ》しそうでした。

お父《とう》さん鳥《どり》には毎日《まいにち》忙《いそが》しいお仕事《しごと》がありました。人間《にんげん》の子どものお父さんのように会社《かいしゃ》や工場《こうじょう》や銀行《ぎんこう》やお店《みせ》で働《はたら》きはしませんけれど、雛鳥がいつでもひもじがっていますから、それを養《やしな》うためには、毎日《まいにち》方々《ほうぼう》を飛《と》びまわって食《た》べ物《もの》をさがしてやらなければなりません。

お父さん鳥が運《はこ》んでくる御馳走《ごちそう》を口《くち》に入《い》れたかと思《おも》うと、すぐそのあとから、

「もっと欲《ほ》しい、もっと欲《ほ》しい、もっと持《も》ってきてちょうだい、お父さん」と小鳥《ことり》たちはピイチク、ピイチクさわぎました。

「ボクはくたびれちまったよ」と、ある日《ひ》のこと、とうとう、お父さん鳥は閉口《へいこう》してしまいました。

「うちの子どもたちは、よっぽど、食《く》いしんぼと、見えるな。ボクは一日《いちんち》じゅう、えさをさがしまわって運んでるんだが、いつになっても子どもたちは〝ご馳走様でした。もうお腹《なか》いっぱいになりました〟

とは言わないんだ。これじゃあ、とても骨《ほね》が折《お》れてたまらないよ」

お母《かあ》さん鳥《どり》はふきだしてしまいました。

「ホホホホホ。ああ、おかしい。だって、あなたはいつでも小《ち》っぽけなみみずばっかりつかまえていらっしゃるんですもの。だから、子どもたちはちっともお腹《なか》がいっぱいにならないんですのよ。もっと、肥《ふと》ってるみみずを二、三匹さがしてきておやりなさいましよ。そうすれば、子どもたちだって、安心《あんしん》しますわ」

「肥ってるみみずなんて庭《にわ》にはいやしないよ。かたまって遊《あそ》んでるのはみんな細《ほそ》っこいのばかりだよ。ボクが小鳥《ことり》だった時分《じぶん》には、ずいぶん肥ったみみずがたくさんあったが、いったいあんなのはどこへ行っちまったんだろうな。なるほど、肥ったのを一本食べるほうが、やせっぽちのを四本も五本も食べるより腹《はら》にたまるかもしれないな」

と言って、お父さん鳥はまた、外へ飛《と》び出《だ》してゆきました。

お庭のみみずどもは大あわてにあわて出しました。

「さあたいへんだ、また、あのせきれいとかいう奴《やつ》が目玉《めだま》をきょろきょろさせて飛びまわっていますよ。逃《に》げるが勝《か》ちだ。逃げろ、逃げろ」

にょろり、にょろりと、みんな土《つち》の中《なか》へもぐりこんでしまいました。

せきれいのお父《とう》さんは自《じ》分《ぶん》も大分《だいぶ》お腹《なか》がすいていました。それですのに、みみずが一匹《いっぴき》も見つかりませんので、くやしくてくやしくてたまりませんでした。

お茶《ちゃ》の間《ま》の窓《まど》の下《した》へ行ってしばらく待《ま》っておりましたが、子どもさんたちのおやつのパンの屑《くず》を落《お》としてくれる人もありませんし、お腹はいよいよへってきますし、巣《す》の中の小《こ》鳥《とり》たちのことも心配《しんぱい》になってきました。

「お台所《だいどころ》の外《そと》にはごはんつぶがこぼれていたものだが、このごろでは雀《すずめ》がみんなさらっていってしまうんで、ボクのほうへはちっともまわってきやしない。雀の仲間《なかま》は大《おお》勢《ぜい》なんでどうしても競争《きょうそう》ができない。どうも困《こま》っちまったな」

お父さんのせきれいはひとりごとを言いながら、またお庭のほうへ行きました。

みみずのフト子《こ》は今日《きょう》はいつもよりももっとお得意《とくい》になっておりました。仲間《なかま》のみみずたちが、にょろり、にょろりんと、みんな地面《じめん》の中へもぐってしまいましたので、

「ははん、あたしがあんまり立派《りっぱ》だもんで、みんなきまりがわるくなったにちがいない。

それで、逃げてしまったんだわ、あたしはみみずの中の女王《じょおう》さまよ」

フト子《こ》はおおいばりで、お日さまがあかあかと照《て》っている下で、伸《の》びたりちぢんだり、自慢《じまん》の運動《うんどう》をしておりました。

ちょうどこのとき、ハート型の花壇《かだん》の上へ大きな影《かげ》がさしました。せきれいが今にもフト子《こ》をつまみ上げようとしてねらっているところだったのです。フト子《こ》はなんとなく気味《きみ》がわるくなって、からだじゅうがぞおっと寒《さむ》くなってきましたから、

「仲間の者たちはどうしてるのかしら？　あたしも行ってみよう」

と言って、地面《じめん》の下へもぐろうとしました。

ところが、困《こま》ったことには、あんまり肥《ふと》っているので、ほかのみみずたちのように、するするするっと、うまくもぐりこむことができません。途中《とちゅう》でつかえて、もぞもぞしているうちに、尻尾《しっぽ》のほうをつかまえられてしまいました。

「一《いち》、二《に》の三《さん》！」で、せきれいのほうでは力《ちから》かぎり引《ひ》っ張《ぱ》ってもなかなか土の下から

抜《ぬ》けません。

「こいつは重《おも》いぞ。四の五の六、七！　ああこれは大変《たいへん》だ。降参《こうさん》かな」

もう少《すこ》しで放《はな》しそうになりましたがお腹《なか》をすかして口《くち》をあいている、小鳥《ことり》たちのことを考えると、また、力《ちから》が出てくるような気がして、とうとう、二十回、三十回まで引《ひ》っ張《ぱ》りました。三十一回めに、やっとのことで、フト子《こ》のからだがすっかり地面《じめん》の下から抜《ぬ》けました。

それからお家《うち》まで帰《かえ》る道《みち》の骨《ほね》の折《お》れたこと折《お》れたこと、お父《とう》さん鳥《どり》は汗《あせ》たらたらになりました。

巣《す》の外《そと》まで出て待っていたお母《かあ》さん鳥《どり》も手《て》伝《つだ》って中まで運《はこ》びました。

「お父さん、大きなみみずだねえ」

「お母さん、おいしいわ。こんな肥《ふと》ったみみずのご馳《ち》走《そう》なんて初《はじ》めてですねえ」

「ああ、もうお腹《なか》がいっぱいになっちまった」

「ボク、今日初めてお腹いっぱい食べたよ」

四羽の雛鳥《ひなどり》たちは思い思いのことを言って、親鳥《おやどり》たちを笑わせました。

こんなにおいしいみみずを食べたのは、お父《とう》さん鳥《どり》もお母《かあ》さん鳥《どり》も今日《きょう》が初《はじ》めてのことでした。家《いえ》じゅうの者《もの》たちが声《こえ》をそろえて、

「立派《りっぱ》なみみずだ、立派《りっぱ》なみみずだ」とほめるのを、フト子《こ》が聞《き》いたらどんなにお得《とく》意《い》になっていばったことでしょう。

惜《お》しいことにはそんなに、みんながほめているのが、フト子《こ》には、もうちっともわかりませんでした。

(『桃色のたまご』一九三五年〔昭和一〇〕健文社)

夏のサンタクラウス

ある夏《なつ》の日《ひ》、山《やま》の傍《わき》の小径《こみち》を歩《ある》いていたベルサとボビイは、急《きゅう》にけたたましい音《おと》が聞《き》こえるので驚《おどろ》かされました。見《み》ればすぐ自分《じぶん》たちの前《まえ》に、先《さき》のとがった真《ま》っ黒《くろ》な帽子《ぼうし》にまっくろな肩掛《かたかけ》という装束《いでたち》で、片手《かたて》に長《なが》い箒《ほうき》をかかえた奇妙《きみょう》なお婆《ばあ》さんが鵞鳥《がちょう》に乗《の》って、銀《ぎん》の糸《いと》ではいいどうはいいどうと手綱《たづな》をとっているのです。

鵞鳥は二人《ふたり》の前に来て地面《じめん》へ下《お》りました。奇妙なお婆さんはベルサとボビイに空中《くうちゅう》旅行《りょこう》をしたくはないかと訊《たず》ねました。ベルサは行きたいには行きたいけれど、三人《さんにん》が鵞鳥に乗ることはできないだろうと申《もう》しました。すると鵞鳥は嘴《くちばし》を開《ひら》いて、笑《わら》うような様子《ようす》をしましたが、それに続《つづ》いてお婆さんが言いました。

「鵞鳥がお前さんたちのいうことを聞いて笑っているよ。三人どころか、もっともっとどんなに重《おも》たい荷物《にもつ》を運《はこ》んだことがあるか、お前さんたちはなんにも知るまいが、これでもわたしは袋《ふくろ》にいっぱいの星《ほし》を背負《しょ》って、この鵞鳥《がちょう》の上に乗《の》っかることもあるんだよ。だってお前《まえ》たち考えてごらん、空《そら》では毎晩《まいばん》のように流《なが》れ星《ぼし》が飛《と》んでは消《き》えてるんだから、どうしても、その代《か》わりを入《い》れなけりゃならないだろうじゃないか。星ときたら、どうしてどうして、お前さんたちの何倍《なんばい》というくらいの重《おも》さなんだよ。今日《きょう》は今日《きょう》で、空からすっかり蜘蛛《くも》の巣《す》を払《はら》ってきたのさ。お前さんたちが行きたけりゃ、今から空を見物《けんぶつ》に連《つ》れてってあげるがどうだね？」

「連《つ》れてってください」

ボビイは男の子だけにすっかり乗《の》り気《き》になってしまいました。

「だけどねお婆《ばあ》さん、第一番《だいいちばん》にその蜘蛛の巣の話をちょいと聞かせてください。空に蜘蛛の網《あみ》がかかっているなんて、僕一度《ぼくいちど》もそんなもの見たことがありませんよ」

「そりゃそうだろうとも、お前さんたちのほうじゃ、雲《くも》っていってるんだからね。でもあれはたしかに蜘蛛の巣なのさ、わたしがこの箒《ほうき》で払うんだからね。お月夜《つきよ》の晩《ばん》に気をつけてごらん、きっとわたしが見えるから。お月様《つきさま》の顔にあの網がかかるとわたしが払ってあげるのさ。お太陽様《てんとうさま》だって、わたしの箒がやっぱりお入用《いりよう》なのさ。空中

の大掃除《おおそうじ》の日には、たいへんな塵埃《ほこり》が立ってね、お太陽様《てんとうさま》のお顔《かお》もお月様《つきさま》のお顔もまるで見えなくなってしまうことがあるんだよ。そんなときのわたしの忙《いそが》しさったら、まるで目《め》がまわるようだね。何《なに》しろそれだけの塵埃《ほこり》をすっかり払《はら》うのだから、ひととおりのお掃除じゃ間《ま》に合《あ》わないのさ。そんなときによくお前《まえ》さんたちは曇《くも》っていて困《こま》るとかなんとか言ってるけれどね、つまりわたしが空《そら》から掃《は》きおろす塵埃《ごみ》のために暗《くら》くなるんだね。——それはそうとして、夜《よる》にならないうちに下界《げかい》へ帰《かえ》り着《つ》こうというのなら、もう出《で》かけなけりゃならないよ」

お婆《ばあ》さんはベルサとボビイを自分《じぶん》の前《まえ》に乗《の》せて箒《ほうき》をしっかりと腕《うで》の下にかいこみました。

「まず一番《いちばん》はじめにあそこの山《やま》の頂上《てっぺん》へ連《つ》れていってあげよう。冬《ふゆ》の雪《ゆき》と氷《こおり》はあの山で製造《せいぞう》するのさ」

とお婆さんが言ったかと思うと鵞鳥《がちょう》は三人を乗せて勢《いきお》いよく飛び立ちました。

「あら、あの木の上のものはなあに？」

とベルサが大きな声を出しますと、

「あれはね氷柱《つらら》の生《な》る木だよ。そらごらん、北風《きたかぜ》がここで雪《ゆき》を作るのさ、作っておいて冬《ふゆ》になると、一生懸命《いっしょうけんめい》に吹《ふ》くので雪はみんな吹き飛ばされてお前さんたちのいう雪びらっていうものになってひらひらと下界《げかい》へ舞《ま》っていくんだよ」

「僕は雪ボールがほしいな」

「いいとも、いくらでもおとり」

ベルサとボビイはポケットにいっぱい雪《ゆき》の玉《たま》と氷柱を詰め込みました。

「さあ、もっとあっちへ行こうよ」

そのうちに鵞鳥《がちょう》は小さな谷のところで翼《はね》を休《やす》めました。そこはたくさんの樹《き》が茂《しげ》っているところで、一本《いっぽん》の樹の下で一人の肥《ふと》ったお爺《じい》さんがふかりふかりとパイプをふかしながら、一心《いっしん》に仕事《しごと》をしておりました。ある樹には小さな小さな人形《にんぎょう》ばっかり生っておりましたし、また他のを見ると、小さな小さなステッキが生っておりました。中には豆本《まめほん》ばっかりぶらさがっている木もありました。

「こりゃいったいどこなんです？」

「これかね？　これはサンタクラウスの果樹園《くだものばたけ》なのさ」

「ねえ、お婆《ばあ》さん、どうしてこんなにちっぽけな豆本《まめほん》ばかりなんでしょう？」

「そりゃあたりまえのことじゃないか、考《かんが》えてごらん、まだ熟《じゅく》しきっていないんだもの。この豆本にしたって、人形《にんぎょう》にしたって、ついクリスマスの間際《まぎわ》にならなけりゃ、ほんとうにできあがるわけじゃないのさ。あそこに同《おな》じようなまるい果実《み》の生《な》ってる木《き》があるだろう、あれはみんなキャンディの木なんだがね、あれだって、十二月にならなけりゃ、味《あじ》はでないね。サンタクラウスに頼《たの》んで一《ひと》つもらってあげよう」

お婆さんがそばへ寄《よ》っていったので、初《はじ》めてサンタクラウスはお客《きゃく》のあるのに気がついたらしい様子《ようす》でした。パイプを口から放《はな》して、

「いいとも、いいとも、たくさんおあがりなさい。キャンディはまだあのとおりにまっさおだからね、ちっともおいしいことはないだろうがね」

にこりにこりと笑《わら》って二人の子どもと握手《あくしゅ》しました。

「絵《え》とはまるで違《ちが》ってるじゃありませんか、去年《きょねん》のクリスマスのときの様子とも違《ちが》いますよ。お髭《ひげ》はどうしちゃったんです？」

ボビイは遠慮《えんりょ》なしに訊《き》きました。

「髭《ひげ》かね？　髭は毎年《まいとし》クリスマスのあとで剃《そ》り落《お》とすことにしていますのさ」

お婆《ばあ》さんの顔《かお》を見て、ちょっと目《め》を細《ほそ》めてみせて、子どもたちにはこういいました。

「それ、そのポケットから見えてるものは何《なに》？　お髭みたいじゃありませんか」

サンタクラウスはあわててポケットに手を入れましたが、子どもたちは笑《わら》いだしてしまいました。

「わかった、わかった！　クリスマスにはつけ髭をしてくるんですね。僕《ぼく》、ちっともお爺《じい》さんを悪《わる》いって言《い》やしませんよ、だってあんな長い髭を下げてるのはやりきれませんものね」

サンタクラウスは大笑《おおわら》いをしてポケットから白髭《しろひげ》を引《ひ》きだしました。

「とうとう見つかっちまったな。しかし人にしゃべってはいけないよ。子どもたちはみんな俺《わし》の顔を髭で憶《おぼ》えているんじゃからな。さあさあ、キャンディをおあがりなさい」

けれど、子どもたちは一口《ひとくち》噛《か》んで吐《は》きだしました。

「ああ不味《まず》い、なんて酢《す》っぱいんだろう！」

「お前《まえ》がたはクリスマスに何《なに》がほしいな？　お前がたの注文《ちゅうもん》の品《しな》に名《な》をつけておいてあげよう、だが、あんまり欲張《よくば》ってはいけないよ」

ベルサは人形《にんぎょう》の木から一つ選《えら》びました。

「ああ、これはいい人形じゃ。この工合《ぐあい》で育《そだ》っていきさえすればな、クリスマスまでには大きな人形になるじゃろうよ。ここに馬車《ばしゃ》の木もあるが、お人形の馬車はいらんのかな？」

「あら、馬車なの？　あんまり奇妙《きみょう》な形《かたち》なので何《なに》かと思いましたわ」

「さあ、ごらん、これにお前さんの名をつけておいてあげよう。それから書物《しょもつ》もほしいじゃろう。ここに絵本《えほん》の木がある。十二月までには大丈夫《だいじょうぶ》よく育《そだ》つじゃろうよ」

ボビイは運動服《うんどうふく》を一着《いっちゃく》選びました。

「だけどこのままじゃとても着られやしませんよ――クリスマスまでにちゃんと大きくなるのでなけりゃ駄目《だめ》ですよ」

「いいとも、いいとも、俺《わし》に任《まか》せておきなさい」

「それから僕《ぼく》机《つくえ》がほしいんだけれど、あんまり注文《ちゅうもん》が多すぎるでしょうか？」

「いや、大丈夫じゃろう――良《い》い子なら、かなりたくさんの注文がとおるからな」

サンタはボビーの顔をじいっと熟視《みつめ》ました。

「僕、きっと良い子になるようにします」

「ではお前さんの名をこれにつけておこう」

小さな机が木からさがっている様子はまるで胡桃《くるみ》のようでしたが、サンタはきっとクリスマスまでにはちょうどいい恰好《かっこう》になると受《う》け合《あ》ってくれました。

「ほんとにありがとう、サンタおじさん。クリスマスの贈《おく》り物《もの》を夏《なつ》のうちから注文させてくださるなんてずいぶん親切《しんせつ》ですね、ほんとにありがとう！」

とボビイは何度《なんど》もお礼《れい》をいいました。ベルサもそれに続《つづ》いて、

「それからお髭《ひげ》のことも、ほんとうのお話《はなし》がうかがえてずいぶん嬉《うれ》しかったわ。だってね、サンタおじさん、わたしなんだかあなたの髪の毛とお髭はほんとの物じゃないように思ってたのよ。でもこれは秘密《ないしょ》にしておきますから、安心《あんしん》していらっしゃいましね」

三人はサンタクラウスにさよならをいってまた鵞鳥《がちょう》の背中《せなか》に乗《の》りました。

「おや！　雨《あめ》が降《ふ》ってるのよ、あたしの着物《きもの》が濡《ぬ》れてるわ」

と言いかけたベルサは笑《わら》いだして、

「雨じゃなかった、雪《ゆき》の玉《たま》と氷柱《つらら》よ、溶《と》けてきたんだわ」

元《もと》の道《みち》へ着《つ》いたとき、二人はお婆《ばあ》さんによくよくお礼《れい》を言って、月夜《つきよ》の晩《ばん》にはいつでも、気をつけてお婆さんを見ようと約束いたしました。


（『紅い薔薇』一九二六年［大正一五］青蘭社書房）

さびしいクリスマス

今年《ことし》のクリスマスは今までのなかで一番《いちばん》さびしいクリスマスだ、そうにきまっている、一郎《いちろう》は心《こころ》の底《そこ》の底《そこ》のほうでこう考《かんが》えていました。一郎は八つでした、八つとなればもうそろそろ物事《ものごと》の感《かん》じがついてくる年《とし》です。露子《つゆこ》のほうはまだほんのねんねちゃんでした、やっと四つだったのです。

四つではまだまだ、お母《かあ》さんが二度《にど》とは帰《かえ》ってこられないところへ行ってしまったということはわかりません。それですから、サンタクラウスのお爺《じい》さんへ出す手紙《てがみ》をお父《とう》さんに書《か》いていただいているうちに、お父さんを泣《な》かせてしまったのです。露子はサンタお爺さんに持ってきてもらいたいおもちゃをお父さんに書いていただいていたのですが、一ばんおしまいに、

「それから、サンタお爺さん、どうぞ大好《だいす》きなお母《かあ》ちゃまをよこしてちょうだい。待《ま》

ってますよ」

と言いましたら、お父《とう》さんは急《きゅう》に泣《な》きだしてしまったのです――子どもが泣くのと同《おな》じように、大《おお》きな涙《なみだ》をぽろぽろ出して泣きました。それだもので、お手《て》紙《がみ》の上に大きなインキのしみができてしまいました。

露子《つゆこ》はほんとに赤《あか》ちゃんでした。お父さんを信じているのと同じに、サンタクラウスを信《しん》じこんでいました。だって、去年《きょねん》のクリスマスには露子がおもちゃ屋の店で見て欲《ほ》しくて欲《ほ》しくてたまらなかった人形《にんぎょう》をちゃんとサンタクラウスが届《とど》けてくれたのですもの、今年《ことし》は「お母《かあ》さん」をお願《ねが》いすればよこしてくれるにきまっているじゃありませんか。ね？　そうじゃないでしょうか？

露子はきゃっきゃっと笑《わら》いながら、一郎《いちろう》にその話《はなし》をしました。

「ねえ、お兄《にい》ちゃん、お母《かあ》ちゃんは煙突《えんとつ》から下《お》りてらっちゃるのよ。おもちゃをどっさり持《も》ってね。サンタお爺《じい》ちゃんがつれてらっちゃるのよ、お母ちゃんをね。屋根《やね》の上からずうっと煙突の中をとおってね。おもちろいわね」

けれど一郎は八つです。時々《ときどき》サンタクラウスのいることさえ嘘《うそ》じゃないかと思《おも》ったこともあったのです。いると思いたかったのです、けれど思えないような気がしたのです。サンタクラウスがほんとうにいるということだけは思えたにしても、お母さんが帰っていらっしゃられないことはちゃんと知っておりました。それはちゃんとお父さんから聞いてしまったことなのです。

「一郎や」

とおっしゃったとき、お父さんの唇《くちびる》はふるえていました。

「一郎や、もうお母さんには逢《あ》えないよ――ここではね。だがね、おまえがほんとうにいい子になれば、いつかお母さんのいるところへ行けるよ。お母さんは待っていてくださるんだよ」

とこうお父さんが教《おし》えてくださいました。

一郎はいい子になろうとしました。学校《がっこう》へ行ったときなんていったら、ほんとに一生懸命《しょうけんめい》におとなしくしました。一生懸命になって、「いろは」をおぼえました。おやつのときには、一生懸命にがまんして、露子に大きいほうのお菓子《かし》をやりました。乳母《ばあや》がおふろを使《つか》わせてくれるときに、シャボンの泡《あわ》が目《め》にはいってもおこらないで、がまんしました。いい子になるのはほんとにむずかしゅうございました。今夜《こんや》のように、クリスマスの前の晩《ばん》には、いい子になって早《はや》く寝《ね》るのはなおむずかしいことでした。

お父《とう》さんは事務所《じむしょ》から電話《でんわ》をかけて、晩のごはんには帰《かえ》らないから乳母《ばあや》が二人《ふたり》を早《はや》く寝《ね》かすようにとおっしゃいました。そして乳母《ばあや》がごはんたきの女中《じょちゅう》に言っていたことが、あいにく一郎《いちろう》の耳《みみ》にはいったのです。

「お気《き》の毒《どく》さねえ。まったく今年《ことし》のクリスマスはおつらいだろうよ。来年《らいねん》はこれほどでもないだろうけれどね。とてもお子さんたちの靴足袋《くったび》（靴下《くつした》）を下《さ》げておやりになるなんてことができるもんじゃないよ。まだやっと三月《みつき》になったばかりだものね。ご無理《むり》もないことだけれど、坊《ぼっ》ちゃんがお可哀相《かわいそう》さね。もう何《なに》もかもわかりなさるんだからねえ！」

乳母《ばあや》は露子《つゆこ》の靴足袋をストーブの上の棚《たな》の釘《くぎ》にかけました。一郎は自分でしっかりかけましたが、うんと勢《いきお》いをだして泣《な》かずにいるのはずいぶん骨《ほね》が折《お》れました。二人《ふたり》は乳母《ばあや》に連れられてお二階《にかい》へあがって寝《ね》ました。

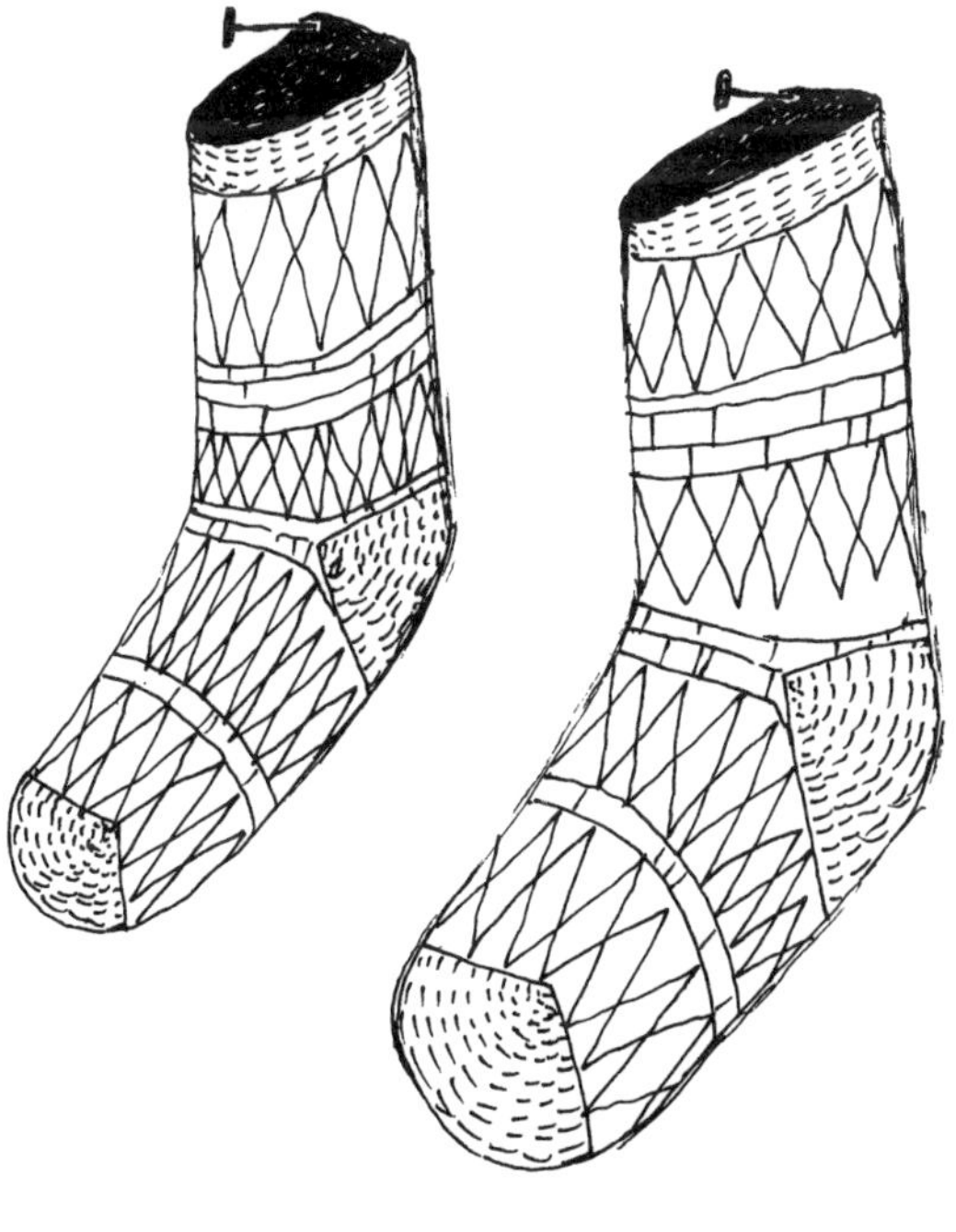

ぼんやり障子《しょうじ》が見えるようになった時分《じぶん》に一郎《いちろう》は眼《め》がさめました。すると露子《つゆこ》がスタスタとお部屋《へや》の外《そと》へ出てゆくところです。いきなり飛《と》び起《お》きていって、

「露《つう》ちゃん、どこへ行くの？」

露子はニッコリ笑《わら》って、

「階下《した》の西洋間《せいようま》へ行くの。サンタがお母《かあ》ちゃんを連《つ》れてくるから、露ちゃんはお迎《むか》いに行くの」

一郎はいろいろのことを言って露子をとめました。第一《だいいち》、サンタクラウスやお母さんをいくら待《ま》ったって駄目《だめ》だから、第二《だいに》、まだ早《はや》すぎて起《お》きる時間《じかん》じゃないから、と言うのでした。

「ね、露《つう》ちゃん、お父さんが乳母《ばあや》におふとんへ入れてもらえっておっしゃっただろう？　だから、まだ出てきちゃいけないよ」

「でもあたち行くわ。お母ちゃまがさびしいわ。可哀相《かわいそう》よ」

なんという赤《あか》ん坊《ぼう》でしょう、露子にはどうしてもわけがわからないのです。一郎は仕方《しかた》なしにあとをついてゆきました。

ストーブにはまだいくらか火《ひ》が残《のこ》っておりました。その前《まえ》に座《すわ》った一郎はどうかこのホカホカしたあったかさで露子が眠《ねむ》ってくれるように、そしてちょっとの間《ま》でもお母さんのことを忘れてくれるようにと願《ねが》っておりました。眠ったら乳母《ばあや》を呼んで上へつれていってもらおう、朝《あさ》になればおもちゃや人形《にんぎょう》で夢中《むちゅう》になるから大丈夫《だいじょうぶ》。お母さんが帰っていらっしゃらなかったことは忘《わす》れるだろうと思いました。

燃《も》え残《のこ》ったストーブの火の前のかわいらしい二人の子ども……頭《あたま》の上にはからっぽの靴下《くつした》が二《に》足《そく》ぶらさがっています。煙突《えんとつ》をじいっと見つめている四つの目——ここからサンタのお爺《じい》さんが来る——というので、露子は溶《と》けそうな笑《えみ》を顔《かお》いっぱいにたたえています。一郎のほうはさすがに八年の歳月《としつき》をこの世《よ》で暮《く》らしてきたのですから、八年の歳月《さいげつ》だけの疑《うたが》いを大きな目にみなぎらせて、眺《なが》めているのです。お部屋《へや》はあたたかでした。ストーブのとろ火でウトリウトリと眠《ねむ》たくなってきます。一郎が横目《よこめ》で露子を見ますと、もうコクリコクリといねむりを始めていました。ああ、もうじきに寝ついてしまうな……そうしたら乳母《ばあや》を呼んで、連《つ》れていってもらおう……ああ、よかった……と思っているうちに、自分《じぶん》も眠《ねむ》くなってきました。二度ばかり、ハッとして座《すわ》り直《なお》しました。いけない、いけない……眠《ねむ》っちまっちゃいけない……僕《ぼく》が寝《ね》ちまっちゃあ、露《つう》ちゃんが――。僕は眠っちゃいけない――い……け……な……い……あとはもう何《なに》が何《なん》やらわからなくなってしまいました。

にわかに音楽《おんがく》が聞《き》こえてきました。一郎《いちろう》が今までに一度《いちど》も聞いたことのないような音楽です。露子《つゆこ》はどうしたかしらと横《よこ》を見ますと、スヤスヤと寝息《ねいき》をたてて絨氈《じゅうたん》の上で眠《ねむ》りついています。けれどもちっとも乳母《ばあや》なんか呼《よ》びたくありません、どういうわけかわかりませんが、乳母《ばあや》なんか呼ばなくてもかまわないような気《き》がするのです――こんないい音楽が聞こえているんだもの――呼ばなくたっていいや――音楽がだんだん近《ちか》くなってくるな――なんていい音楽だろう!

煙突《えんとつ》の中を通ってくるのかもしれないぞ、一郎はニッコリ笑いました。すると、急に一郎には何《なに》もかもわかりました。お母《かあ》さんの声だったのです。音楽だと思ったのはお母さんが呼んでいらしった声でした。一郎と露子の名を呼んでいらしったのです――お母さんだけしかお呼びにならなかった特別《とくべつ》の名前で二人を呼んでいらっしゃるのです。一郎は手《て》を伸《の》ばしました。お母さんはストーブの火《ひ》が赤《あか》く燃《も》えている中からこっちへいらっしゃいました。まあ、お母さんの目《め》のやさしいこと！　かわいくてかわいくてたまらないという目でした。

「お母《かあ》ちゃまのかわいい、かわいい子ちゃんとおたから、おたからさん！　まあどうしたの？　まだおふとんの中へはいっているお時間《じかん》じゃないの？」

すると眠っていたはずの露子が返事《へんじ》をしました。

「あたちね、サンタお爺《じい》さんに頼《たの》んだの。煙突《えんとつ》からお母ちゃまを連れてきてくださいってね」

お母さまは二人のそばへお顔を寄せました。キッスはしてくださいませんでしたが、じいっと、喰《く》いいるように二人の顔を見つめていらっしゃいました。

「お母さんはね、『クリスマスの精《こころ》』に連れられてここへ来たんですよ。今年《ことし》のクリスマスは露《つう》ちゃんにも一郎にも、一番《いちばん》さびしいクリスマスだということをお母さんはちゃんと知っていたから来てあげたんですよ。これはね、神様《かみさま》がおまえたち二人に送ってくだすったクリスマスの夢《ゆめ》です。神様はね、さびしがっている人たちの心をうれしくしてくださるために、時々《ときどき》こうやって夢を送ってくださって、今はわかれていてもきっとまた逢《あ》うことができることを教えてくださるのです。お母様《かあさま》はちゃあんとお前《まえ》たちを上《うえ》から見ていますから、安心《あんしん》して、いい子になるんですよ。さよなら！　また逢《あ》いましょうね」

とおっしゃいました。

（一九二六年［大正一五年一二月二四日］）

このおはなしは一昨年《おととし》私《わたくし》の子供《こども》が天《てん》のお国《くに》へ逝《い》ってしまった年《とし》のクリスマスに書いたものでございます。「さびしいお母《かあ》さん」の私はお母さんをなくした「さびしい子供さん」も世《よ》の中《なか》にたくさん在《あ》ることを考《かんが》えながら、このおはなしを書いて、道雄《みちお》をなくした私どもの家のクリスマスを紀念《きねん》しました。

村岡花子《むらおかはなこ》

（『お山の雪』一九二八年［昭和三］青蘭社書房）

謎の犬

これもほんとうにあったお話《はなし》です。

スコットランドという国《くに》にワイリイという犬《いぬ》がありました。これは牧羊者《ひつじかい》のお手伝《てつだ》いをする犬で、しじゅう主人《しゅじん》の牧羊者《ひつじかい》と一緒《いっしょ》に野原《のはら》へ行っては羊《ひつじ》や山羊《やぎ》の番《ばん》をしてありました。朝《あさ》はちゃんと羊を野原へ送ってやり、夕方《ゆうがた》になるとあちこちに散《ち》っているのを一匹《いっぴき》残《のこ》らず集《あつ》めて、無事《ぶじ》に牧羊者《ひつじかい》の檻《おり》へ返《かえ》してやります。その利口《りこう》なことは人間《にんげん》でもかなわないくらいでありました。ときどきわからずやの羊たちが帰《かえ》る時間《じかん》になってもちっとも寄《よ》ってこないで、あっちへバラバラ、こっちへバラバラとぶらついてゆくことがありますが、ワイリイはちゃんとそういうときにどうしたらいいか知《し》っておるのです。片一方《かたいっぽう》へまわって吠《ほ》えたり叱《しか》ったりすかしたりして一組《ひとくみ》の羊をまんなかの道《みち》へ追《お》っておいてからまた片一方へまわって、同じように吠えたり叱ったりすかししたりして、こっちの一組《ひとくみ》をもまんなかへ追《お》います。それで羊《ひつじ》がみんな一緒《いっしょ》にそろいますと、それをきれいにきちんと、まるで学校《がっこう》の先生《せんせい》が生徒《せいと》に進行《マーチ》をさせているときのように、ちゃんと行列《ぎょうれつ》を作らせて連《つ》れてゆきます。ワイリイは自分《じぶん》のこの仕事《しごと》が好《す》きでした。そして一生懸命《いっしょうけんめい》にその仕事をいたしました。ほんとに立派《りっぱ》な羊かいの犬だったのです。

そのうちにワイリイの主人の牧羊者《ひつじかい》はだんだんと年《とし》が寄《よ》ってゆくので、山《やま》の牧場《まきば》に一人《ひとり》で羊を牧《か》ってはいられなくなりました。それで山を下りて他のところへ越《こ》してゆきましたが、その前《まえ》にワイリイをすぐ山《やま》の下《した》の町《まち》に住《す》んでいた二人《ふたり》の若《わか》い男《おとこ》の人《ひと》にやりました。その人たちは大変《たいへん》にこのおとなしい利口《りこう》な犬をかわいがりました。

ワイリイも今は町に住んでなんにも仕事をしなくてもいい楽《らく》な身分《みぶん》になりました。大変にしあわせそうでいつもおとなしく主人《しゅじん》のいいつけにしたがっておりました。

ところがしばらくすると、ワイリイが不思議《ふしぎ》なことをしはじめました。家《いえ》の人たちにもどうしてもその意味《いみ》はわかりませんでした。毎週火曜日《まいしゅうかようび》の夜《よる》の九時頃になると、ワイリイの姿《すがた》が見えなくなりました。ありったけのところを探《さが》しても、いくら呼《よ》んでみてもどこにもおりません。一晩《ひとばん》じゅう姿は見えないのです。けれど、水曜日《すいようび》の朝《あさ》にはちゃんと戸口《とぐち》にうずくまって、戸のあくのを待っているというのです。絹《きぬ》のように柔《やわら》かい毛は泥《どろ》だらけになって汗《あせ》ばんでおり、足《あし》はいかにも疲《つか》れたらしく、見るからに重々《おもおも》しゅうございます。何《なん》とかその事情《わけ》を言いたそうに主人の顔《かお》を眺《なが》めてはいるのですが、もちろん何をしてきたのか主人たちにわかるはずはありませんでした。

毎週毎週、判《はん》を押《お》したようにこのとおりのことが起《お》こりました。火曜日の晩ごとにワイリイは見えなくなりました。跡《あと》をついていってみてもいつのまにか見失《みうしな》ってしまいます。けれども水曜日の朝になれば、ちょこなんと戸口に待っているのです。なんという不思議なことなのでしょう！

ワイリイの二人の主人が住んでいた町に大きな大きな市場《いちば》がありました。何でも売《う》っていない物《もの》はないという大きい市場で生きた牛《うし》や羊《ひつじ》や鶏《にわとり》までもありました。火曜日の夜になると山の百姓《ひゃくしょう》は羊を連《つ》れておりてきて、町の中を一生懸命に引いていって市場の檻《おり》へ追い込み、そして水曜日の朝、市《いち》が立つのを待ちました。

山の牧場《ぼくじょう》で静《しず》かに暮《く》らしていた羊は町のやかましいところへ連れてこられると、たまげてしまい、怖《こわ》いので気《き》が荒《あら》くなって、百姓《ひゃくしょう》がいくら呼《よ》んでも叱《しか》ってもとても静《しず》まりません。犬《いぬ》も百姓と一緒《いっしょ》に来ているのですがまるで役《やく》には立《た》ちませんでした。水曜日《すいようび》の朝《あさ》、太陽《たいよう》ののぼる時分《じぶん》が一番羊《いちばんひつじ》が手《て》におえないときでした。もうすぐに檻《おり》へゆけるというところで羊はめちゃめちゃに散《ち》りはじめるのです。ちょうどその時分百姓たちは小柄《こがら》で毛並《けなみ》の美《うつく》しい、耳《みみ》のとがった犬《いぬ》が一生懸命《いっしょうけんめい》に向こうから走ってきて、いきなり羊の群《むれ》の中へ飛《と》び込《こ》むのを見ました。

それからどうなったでしょう？　その犬はあっちこっちと風《かぜ》のように、素敏《すばし》こく馳《か》けまわって、怖《こわ》がって散《ち》り散《ぢ》りになっている羊を慰《なぐさ》めながらも、どんどん一緒《いっしょ》にまとめて、そうしていつのまにかすっかり檻の中へ収《おさ》めてしまいます。他《ほか》の犬が何匹《なんびき》寄っても、このどこから来るのかわからない一匹の犬の腕《うで》にはかないませんでした。

誰《だれ》だってこんな犬をほしくない人はありませんでしたが、仕事がすむとさっさとどこかへ行ってしまうのでどうすることもできませんでした。

ある日ワイリイは二人《ふたり》の主人《しゅじん》と散歩《さんぽ》に出ました。途中《とちゅう》で何人《なんにん》かの牧羊者《ひつじかい》の百姓に逢《あ》いました。

「あっ！　あそこに謎《なぞ》の犬《いぬ》がいる！」

と百姓《ひやくしよう》たちは口《くち》をそろえて言いました。「謎の犬」市場《いちば》の人たちはこうワイリイを呼《よ》んでおりました。二人の若《わか》い人たちはその牧羊者《ひつじかい》から詳《くわ》しい話《はなし》を聞《き》いて初《はじ》めて自分《じぶん》たちのほうの謎も解《と》けました。二人はなおなおワイリイをかわいがったということです。

自分の仕《し》事《ごと》がすんでからも、ほかの人の仕《し》事《ごと》を手《て》伝《つだ》ったワイリイはなんという偉《えら》い犬でしょう！　人間《にんげん》でも犬でも一番《いちばん》偉いことは何《なに》かいい仕事を一生懸命《いっしょうけんめい》にすることだということをたぶん、ワイリイは知っていたのでございましょう。

（『紅い薔薇』一九二六年［大正一五］青蘭社書房）

王様の行列が黒猫から

1

黒猫《くろねこ》と鸚鵡《おうむ》がおりました。じゅんばんをきめて、かわるがわるごちそうをしあっていました。いちばん初《はじ》めに、猫のほうから鸚鵡を招《まね》きましたが、猫はたいへんにけちんぼで、牛乳《ぎゅうにゅう》をぽっちりとお魚《さかな》を一切《ひときれ》と、かたパン一《ひと》つきりしか出しませんでした。鸚鵡はあんまりいい気《き》持《もち》はしませんでしたが、おとなしいきだてでしたから、なんにもいわずにかえってきました。

その次《つぎ》は鸚鵡がごちそうをする番《ばん》でした。ビフテキに、スープに果物《くだもの》に、ビスケットをかごいっぱいというごちそうです。こまかいビスケットがかごいっぱいですから、数《かず》にしたら、三百ぐらいもあったかもしれません。鸚鵡はその中から、たった二つとったきりで、あとはみんな黒猫《くろねこ》にすすめました。

よくばりの黒猫は大よろこびで、スープを飲《の》み、ビフテキを食《た》べ、果物《くだもの》を食べました。それから、こまかいビスケットを二百九十八食べてしまいました。それでもまだ足《た》りなさそうに、きょろきょろ見まわして、

「ちっともおなかが、いっぱいにならないわ……。もう、なんにもないの？」といいますので、鸚鵡《おうむ》は、

「ここに、あたしのビスケットが二つありますが、よろしかったら、あがってください」

黒猫はペロリとそれを食べてしまって、

「もっと、なにかほしいわ。もう、なんにもないの？　ずいぶんけちなごちそうなのねえ」

鸚鵡も、すこしくやしくなってきました。

「もう、ほんとになんにもありゃしないわ。どうしても食べたけりゃ、あたしでも食べるよりほかには、なんにもなくってよ」

こういったら、なんぼよくばりの黒猫でも、すこしは赤《あか》い顔《かお》でもするかとおもいました。ところが大《おお》ちがいで、いきなり鶍鴣をのみこんでしまいました。

それから黒猫はそとへ出ました。さっきから、外におばあさんが立っていて、すっかり見ていました。黒猫がさんざんごちそうになったあとで、友《とも》だちをまるのみにするのを、ちゃんと見ていましたので、あきれかえってしまって、

「まあ、お前《まえ》はなんという恩知《おんし》らずなんだろう！　じぶんの友だちをのんでしまうなんて、ひどいことをするものだねえ」

「友だちをのんだのが、なにがわるいの？　鶍鴣だけじゃ足りないから、お前さんものんでしまうよ」というやいなや、おばあさんをひとのみにしました。

2

黒猫はおとくいで町《まち》を歩《ある》いていきますと、むこうからお百姓《ひゃくしょう》が牛《うし》をひっぱってきました、牛はのろりのろりとくるのですが、お百姓は、たいへんに急《いそ》ぎの用事《ようじ》があると

見えて、しきりに牛《うし》をせきたてています。

「やいやい、どかないか、黒猫《くろねこ》やい、まごまごしてると牛にふみつぶされるぞ」

「牛にふみつぶされるような、ぼんやりものじゃありませんよ。わたしはね、お菓子《かし》を三百と、鸚鵡《おうむ》と、おばあさんをのんできたんですよ。百姓《ひゃくしょう》と牛なんかこわくもなんでもないや。ぐずぐずしていると、のんでしまいますよ」というより早《はや》く、ごくりん、ごくりんと、お百姓と牛をのんでしまいました。黒猫はいよいよおとくいになって、ぶらりぶらりとあるいていきました。

しばらくすると、むこうから行列《ぎょうれつ》が来ました。王様《おうさま》が新《あたら》しいお妃様《きさきさま》をつれて行列のせんとうに立っていらっしゃいます。そのうしろから兵隊《へいたい》が来て、そのまたうしろからは、たくさんの象《ぞう》が、象つかいにまもられて、二匹《にひき》ずつ列《れつ》を組《く》んでやってきました。

王様は今、ご結婚式《けっこんしき》がすんで、となり国からお出《い》でになった新しいお妃様に、町《まち》を見せていらっしゃるのでしたから、たいへんにいいごきげんで、黒猫にも、やさしいお言葉をおかけなさいました。

「さあさあ、お猫さんや、まごまごしていると象にふまれるよ。早くどこかにかくれないと、あぶないよ」

食べすぎて、お腹《なか》も心《こころ》も大きく張《は》り切《き》ってしまった猫は、こわいものなしになっていましたので、王様の御前《ごぜん》に出たこともわすれて、

「わたしが象にふまれるって？　ふめるならふんでみるがいい。わたしはね、お菓子を三百と、鸚鵡を一羽と、おばあさんを一人と、百姓と牛を食べちまったんだよ。王様なんかちっともこわかないや」

まあ、なんというしつれいな言葉《ことば》でしょう。こんなことをいいながら、黒猫は、王様とお妃様と、兵隊と、象を、みんなのんでしまいました。

3

さすがの黒猫も、こんどはすこし苦《くる》しくなりました。のそりのそりと、重《おも》いからだを運《はこ》んでいきますと、石垣《いしがき》の間《あいだ》から、ちょろり、ちょろりと蟹《かに》が二《に》匹《ひき》はいだしてきました。

「じゃまだ。じゃまだ。僕《ぼく》たちのじゃまをしないで、わきのほうへよってくれたまえ」

「しつれいなことをいうもんじゃない。お前《まえ》たちこそどいたらいい。わたしはね、すばらしくたくさんのものを食《た》べてきたんだからね、ついでに、お前たちも食べてしまうよ」

蟹《かに》が何《なに》かいおうとするのをかまわず、ごくんごくんのみこんでしまいました。

さて、蟹をお腹《なか》へ入れたのは、黒猫《くろねこ》の運《うん》のつきでした。二匹の蟹はお腹《なか》のなかへはいると、ゆっくりまわりを見まわしました。おやおや、なんといういんきなありさまでしょう！　うすぐらい隅《すみ》っこに、王様《おうさま》がお妃様《きさきさま》とうでを組《く》んでしょんぼり立っていらっしゃいます。そのわきで、兵隊《へいたい》さんが鼻《はな》をつき合わしたり、足《あし》をふみ合ったり、せまいところで大さわぎをしています。象《ぞう》は象で、いっしょうけんめいに、二《に》列《れつ》にならぼうとしているのですが、場《ば》所《しょ》が足《た》りないので、こまりきっているらしい様子《ようす》です。

王様のむこうがわは、おばあさんがしょんぼりすわっていまして、その近くに、お百《ひゃく》姓《しょう》が牛《うし》をひっぱって立っています。

こっちのほうのすみには、こまかいビスケットが山のようにつみ上げられてあって、そのビスケットの山盛《やまも》りのわきに、鸚鵡《おうむ》がすっかり羽根《はね》をたらして、さびしそうにしておりました。

このなさけない有様《ありさま》を見た二匹の蟹《かに》どもは、いせいよく、はさみをチャキチャキ鳴《な》らしました。

「さあさあ、みんな、元気《げんき》を出してください。みんなで力《ちから》を合わせて、ここを出ようじゃありませんか」といって、「チャキ、チャキ、チャキ、チョキン。チャキ、チャキ、チョキン」と、いっしょうけんめいになって、黒猫《くろねこ》のお腹《なか》の皮《かわ》を切りはじめました。

4

やっとのことで、大きな穴があきました。そこで、蟹は、一ばんはじめに、じぶんたち二匹で横にはい出しました。

「さあ、みなさん、大丈夫《だいじょうぶ》ですから、お出《いで》なさい。くらいところから、いきなり明《あか》るいところへ出ると、ちょっと目《め》がくらみますが、すぐよくなりますから、元気《げんき》を出すんですよ」といわれたので、みんなも勇気《ゆうき》がついて、ぞろぞろ出てきました。

まず第一番《だいいちばん》に、王様《おうさま》がお妃様《きさきさま》の手《て》を引《ひ》いてお出《で》になると、そのあとからは守備《しゅび》のお巡《まわ》りさん。つづいて、象《ぞう》つかいが飛《と》びだすと、すぐに象どもが出てきて、お行儀《ぎょうぎ》よく二《に》列《れつ》にならびました。

つぎはお百姓《ひゃくしょう》に牛《うし》、すぐそのあとからおばあさんが、黒猫《くろねこ》のわる口《ぐち》をいいながら、エンヤラ、エンヤラ出てきました。

一《いち》ばんおしまいは鸚鵡《おうむ》で、ビスケットを二つ持って出てきました。よくのない鸚鵡は、はじめっから、二つより多くは取ろうとしなかったのです。

ひどい目にあったのは黒猫です。その日一日かかっても、まだお腹《なか》の皮《かわ》の穴《あな》に、つぎがあてきれませんでしたとさ。

(『花になった子供星』一九四八年〔昭和二三〕美和書房)

たんぽぽの目

百合子《ゆりこ》はひとりっ子でしたから、お友《とも》だちが遊《あそ》びにこないときは、さびしくてたまりませんでした。

「だれか遊びにこないかなあ」と言いながらお庭《にわ》の木戸《きど》からうらの原《はら》っぱへ出ていきました。

「きょうはだあれも出《で》ていないわ。つまらないなあ」

けれども、ふと草《くさ》の上に目《め》をおとしますと、かえるがぴょんぴょんはねていて、

「百合子さん、いらっしゃい。あたしたちがいますよ。あたしたちと遊びましょう」

と言っているようでした。

せいの高《たか》い草《くさ》がしげっていて、その上にくもがあみをはって、なにか待《ま》ちかまえています。

小さなかたつむりが、葉《は》の上をそろそろとはっています。

きれいな鳥《とり》がとびまわって、ときどきかわいらしい声《こえ》を出します。

「まあ、なんてにぎやかなんだろう。これならちっともさびしいことなんかないわ」

こんなことをかんがえながら、百合子は元気《げんき》になって、お庭のほうへ足《あし》を向《む》けました。さっきまで気《き》がつきませんでしたが、お庭のしばふの上に黄色《きいろ》く光《ひか》って、いっぱいに咲《さ》いているたんぽぽを見ました。

あんまり美《うつく》しいので百合子はびっくりするほどでした。目《め》をまるくして立っていますと、おとうさんが出ていらっしゃいました。

「おとうさん、しばふの上にたんぽぽがいっぱいよ。ごらんなさい」

「うん、あんなにふえては、じゃまだなあ。取ってしまったほうがいいよ」

百合子の目がまるくなりました。

「まあ、ひどいおとうさんねえ。たんぽぽは、じゃまじゃありませんよ。きれいじゃありませんか。ぴかぴか光ってるようで、まるで笑《わら》ってるようよ」

「なるほど、それはおもしろいかんがえだね。お前《まえ》はめずらしい子だね。たんぽぽみたいなつまらない花をそんなにすきだとは知らなかったよ」

百合子《ゆりこ》は、いよいよまじめなかおをして、

「おとうさん、ほんとうにきれいよ。元気《げんき》な人間《にんげん》みたいじゃありませんか」といいかけますと、おとうさんは、こんどはたいへんねっしんに、百合子の話《はなし》を聞《き》きはじめました。

「うん、よし、よし、わかった。もっとたんぽぽのことを話してごらん。たんぽぽが元気な人間のようだっていうのは、おもしろいね」

百合子はなんだかきまりがわるくなりましたが、勇気《ゆうき》を出して、

「あたしねえおとうさん、たんぽぽは子どもに似《に》ていると思うの。ちょうちょうやはちと一日《いちにち》じゅう、元気におどっているようじゃありませんか。お日さまがしずむと、たんぽぽも目《め》をふさいで、ねむりますのよ。

それからね、朝《あさ》になってお日《ひ》さまが目をさますと、お日さまの光《ひかり》がほそく分《わ》かれて、原《はら》っぱやお庭《にわ》の上を、おどりまわってね、そうして、（たんぽぽや、お起《お》き、目《め》をおさまし）といってみんなをおこすのよ。たんぽぽは金色《きんいろ》の目をあけて、青《あお》いお空《そら》や、

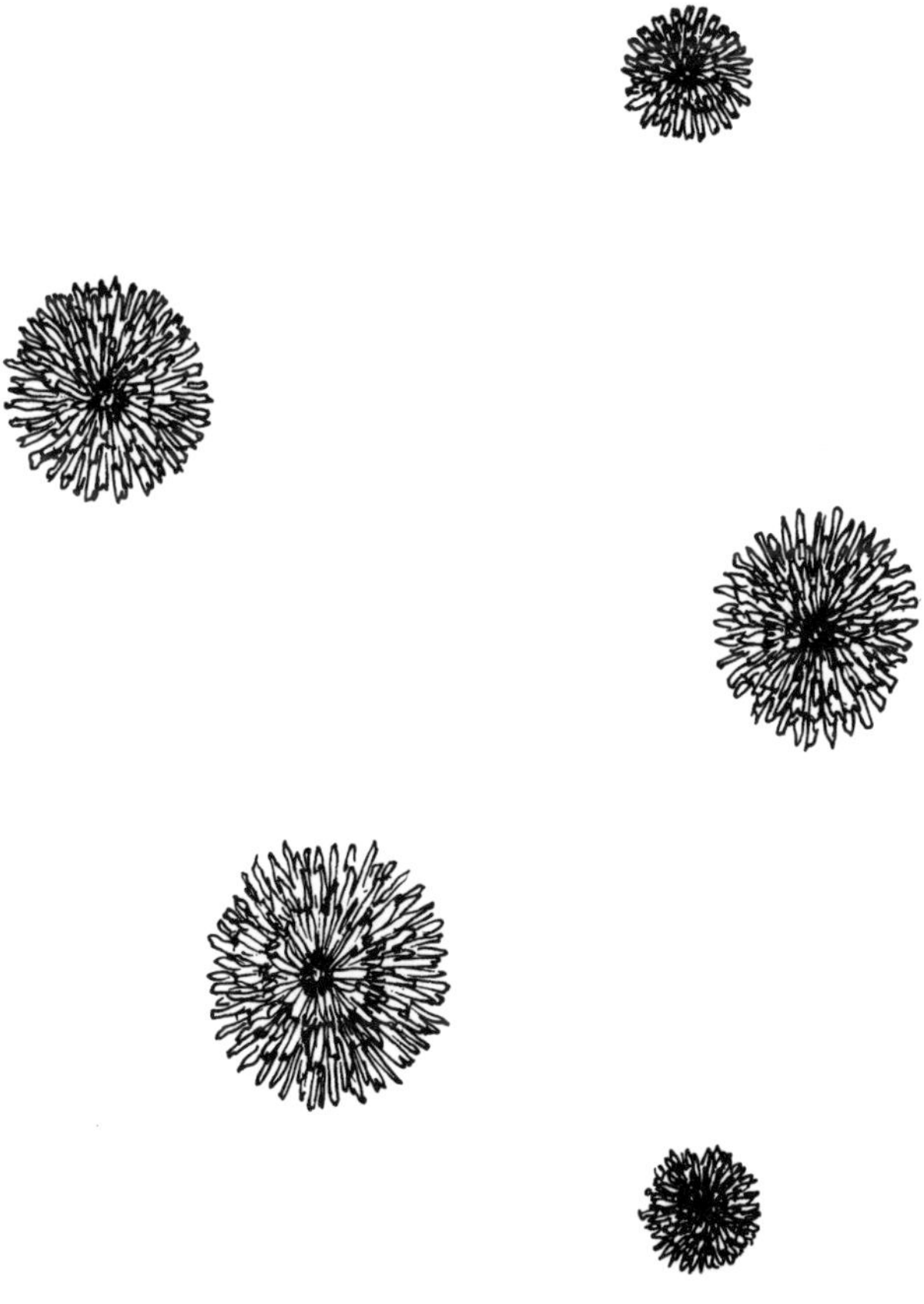

飛《と》んでいる虫《むし》や、はっている虫や、歌《うた》っている鳥《とり》に、おはようをいうのよ」

「ほほう、百合子《ゆりこ》、お前《まえ》は童謡《どうよう》が上手《じょうず》になるだろうね。歌の本《ほん》を読《よ》んでいたのかね。お前の言うことはまるで、童謡のようだよ」

「あたし、お歌《うた》が大《だい》すきなの、おとうさん。あたし、大《おお》きくなったら、お歌をつくる人《ひと》になりたいの。なれるでしょうか、どうでしょう」

「大きくならなくても、もう今からりっぱに作れるねえ。今、おとうさんに話してくれたことを、書いてごらん。それでかわいらしい童謡ができるじゃないか。

おとうさんも、これからは、たんぽぽをじゃまだなんて、言わないようにしようね」

おとうさんは、やさしく百合子のあたまをなでました。


（『たんぽぽの目』一九四一年〔昭和一六〕鶴書房）

すいれんの村

むかしむかし大昔《おおむかし》、今のアメリカに顔《かお》の赤《あか》ぐろいインデアンばかりすんでいたころのお話《はなし》です。

空《そら》にきらきら光《ひか》っている星《ほし》を見て、その人《ひと》たちがいいましたには「あれは、下界《げかい》から天《てん》へのぼっていった人たち——の家《いえ》なんだよ。あのきれいな星をすむ家にして、みんなしあわせにくらしているんだ」

こんなことを話《はな》しあいながら、よるの星空《ほしぞら》を見あげてよろこびました。

ところがある晩《ばん》のこと、今《いま》までたのしそうに話していたとしよりたちも、子どものもりをしていたお母さんたちも、みんな話をやめてぶるぶるふるえながら空を見つめました。

「星が——星がおちてくる」

と誰《だれ》かが大きな声を出しました。

それはまるで火《ひ》の花《はな》のようでした。その次《つぎ》の日《ひ》、朝早《あさはや》く一人《ひとり》の少年《しょうねん》が村《むら》のかしこい年《とし》よりのところへ出かけてきました。

「先生《せんせい》、ゆうべ空《そら》から落《お》ちてきた星《ほし》がぼくのところへきたゆめを見ました。それは星の子どもでした。かわいらしい女の子でぼくに、『わたしは空の上からあなた方を見ていました。あなた方はいつもみんなで仲《なか》よくたすけあってはたらいたりあそんだり、ほんとにうらやましくなります。わたしはあなた方の仲間《なかま》にいれてもらいたいと思ってきました。それには星ではおこまりでしょうから花《はな》になりましょう。いったい、なんの花になったらいいでしょうね』というのですが、なんの花になりなさいといったらいいでしょうね。先生おちえをおかしください」

そこで村《むら》じゅうのとしよりやおとなたちがあつまってそうだんしましたが、

「星の子どものすきな花をえらばせたほうがいい」

という意見《いけん》にきまりました。

松《まつ》の大木《たいぼく》の上にすんでもいいし、やさしい花の心の中にすんでもいい、どちらでもすきなほうを星の子どもにえらばせることにしたのです。どこにでもすんでみんな仲よくくらそうということにしました。

まえのばん空からおりてきて、半分《はんぶん》ばかりのところにとまったように見えた星は、下へおりきりると、山《やま》のかげにさいていたまっしろなゆりの花の中にとまりました。ここにいれば村の人たちの顔も見えます話もきこえます。星の子どもは大へんよろこんで白ゆりの家におりましたが、だんだん日がたつとさびしくてたまらなくなりました。

もっと村の人たちの近くへ行きたい。そしてみんなと話をしたいと思って、山のかげを出て、空《そら》の旅《たび》で、村のほうへとんでいきました。

そして、こんどはみちばたの一《いち》りんの花の中へはいりました。

そこは一日《いちにち》じゅう人がとおっておりますし牛《うし》や馬《うま》が車《くるま》をひいていきます。にぎやかでいいのですが、やさしい星の子どもにはあんまりやかましくて、あたまがいたくなるようでした。牛や馬の車がとおるたびごとに、地面《じめん》がゆれました。

気《き》のよわい星の子どもはおそろしくてたまらなくなりました。

「どこか静《しず》かなところで、村《むら》の人《ひと》たちのそばにいることはできないものかしら。毎日《まいにち》みんなの顔《かお》が見えて、声《こえ》がきこえて、さびしくないところで、こんなにおそろしく地面《じめん》のゆれないところへ行きたい。ここではまるで地《じ》しんのようだ」

星《ほし》の子どもはこんなことを考《かんが》えながら、道《みち》ばたの花《はな》の中《なか》からうかびあがりました。

顔の色の赤《あか》ぐろい村の人たちは空《そら》を見《み》て、

「星《ほし》の子《こ》どもは遠《とお》くへ行ってしまうのかしら。わたしたちが気《き》に入《い》らないで、どこかへ行ってしまうのかしら？」

「星の子どもさん、星の子どもさん、わたしたちといっしょにいてくださいよ。村にいてくださいよ」

と、下からさけびました。白い星の子はふわり、ふわりと空の上をとんでいきました。村の人びとは一生《いっしょう》けんめい空を見ているのですが、時《とき》どき白《しろ》い雲《くも》の中にかくれてしまいますので、

「おや、見えなくなったぞ、どこへ行ってしまったろう？」

と目《め》をお皿《さら》のようにして見上げておりました。そのうちに、星の子どもは大きな、

青《あお》いみずうみの上へきました。

「まあきれいな水《みず》――しずかな、ねむっているような水――いいところだね！」

といいながら、自分《じぶん》の姿《すがた》が水の中にうつるのに気がつきました。

「あらあたしのかげが水にうつっている。これはいいところだ。ここにしよう」

星の子どもはだんだんと、下へおりてきました。そして水の中へはいりました。

星の子どもはまるで、小舟《こぶね》のように、みずうみの上にうかびました。

さて、次《つぎ》の朝《あさ》になりますと、みずうみに一面《いちめん》に大きなまっしろな、星の形《かたち》をした花がさきました。子どもたちは手をくんで、みずうみの岸へきて、水の中に鼻《はな》をつきこんで、花のにおいをかぎました。

「いいにおいだなあ。ゆうべ、空に光っていた星がみんな水の中へおちて、花になったのかもしれないねえ。星のとおりの形なんだもの」

と、いいました。

「あの白い星の子どもがきょうだいをみんなよびよせたのかもしれないよ。何《なに》しろ美《うつく》しいなあ」

と、としよりたちはいいました。

みずうみにめずらしい花《はな》がさいたといって、村《むら》じゅうの人びと、村の外の人びとまでも、毎日毎日《まいにちまいにち》けんぶつにきました。

村の人《ひと》びとはこの花に「すいれん」という名《な》をつけました。すいれんのみずうみはますますかおりがよくなり、いつも村の人《ひと》たちの休《やす》み場《ば》所《しょ》や遊《あそ》び場所になりました。

風《かぜ》はそよそよとふいてすいれんの花びらをなで、小鳥《ことり》たちは金色《こんじき》の花のずいに、ほほずりしました。すいれんの長《なが》いくきはおさかながおよぐときの目じるしになりました。

大きな青《あお》い葉《は》の上には、とんぼがはねを休《やす》めました。

すいれんの花の中の星《ほし》の子《こ》どもは顔の色の赤ぐろい村の人たちといつもいっしょにいることができるようになり、村の人たちの声をいつもきき、話《はな》していることもわかるようになりました。

子どもたちは毎朝《まいあさ》、みずうみの岸《きし》へきて、

「すいれんさん、おはよう」

と、いいました。

夕方《ゆうがた》になると、必《かなら》ずここへきて、

「すいれんさん、おやすみ、また、あしたね」

と、いいました。

村《むら》のよりあいはいつでもみずうみの岸《きし》でひらかれるようになりました。

「星《ほし》の子《こ》どものすんでいるみずうみへいこう、星の子どものきいているところで、そうだんしよう。星の子どもにきいてもらおう」

と、いいました。

ほんとうにその村はすいれんの村になりました。村の人《ひと》びとは、村の名《な》をそれにかえたのです。みんなの心がやさしくなり、ほんとうに平和《へいわ》な村になりました。

花《はな》を見ると、腹《はら》もたたなくなるとみんながいいましたから、けんかもなくなりました。まったく美《うつく》しいすいれんの村です。昔《むかし》のインデアンたちはすいれんを星が花になったものだと思っていたのです。

（『2年生の童話』一九四九年〔昭和二四〕美和書房）

村岡花子さんに感謝します
「童話集」について

中川李枝子

村岡花子さんの童話を、こんなにたくさん読めるとは願ってもいなかった幸せです。

「利口な小兎」から「すいれんの村」まで、三十代、四十代に書かれた二十六篇を、気がつくと私は七十年昔の子どもに戻って無我夢中で読んでいました。もう面白くて止められません。しかも当時そのまま、父母姉弟妹いっしょの記憶がよみがえって、まさに至福のときをいただきました。

あたたかな口調には無駄がなく、歯切れよく、物語が絵になって見えます。ありきたりのお子様向け童話とは違うぞーと私は確信しました。だから、こんなに面白い、愉快なのだ！

子どもの時代が戦争中だった私は、国策による「見ザル　聞カザル　言ワザル」教育の圧力で重苦しい分を、想像力を自由勝手に使うことで息抜きしていました。子どもには楽しみや笑いが成長の栄養です。いつも本やお話を探し回っていました。

学校では無邪気に仲よし仲間と「戦争になる前」の話に興じ「おしゃれをしたお母さん」の姿を想像しあいました。本の貸し借りもさかんでした。が不運にも私の虎の子「アンデルセン童話集」は外国の話という理由で没収されました。以来、用心深くなった私は、本は一人でこっそり読むものときめています。

そんなとき、八歳の誕生日に『たんぽぽの目』をもらった喜びは一生忘れません。どの物語も気に入り、とくに「くしゃみの久吉」とは遊んでみたいと憧れました。私は久吉のお母さんの心配ぶりにいたく同情し、難題解消、老婆にケットを贈る結末に大満足、後味の好さにつられて何度も読みました。

その後すぐ『たんぽぽの目』を抱えて姉と札幌の祖父母のもとに疎開しました。この本に登場するお父さんとお母さんは私の両親にそっくりで、淋しくなると本を開きました。家庭童話のぬくもりにほっとしたのでしょう。

二十六篇のほとんどは、私が初めて読む作品です。『紅い薔薇』と『お山の雪』はほぼ八十年前に出版されたというのに、何も知らなかった私は実にかわいそうな子どもでした。

と口惜しがりながらも今、私が独占してはもったいない、叶うならすぐ子どもをつかまえて来ていっしょに読みたい気持ちです。

子どもたちは、どんな顔して聞くかしら。身を乗り出し、目を丸くして、全身で聞くでしょう。腕白、弱虫、泣き虫、欲ばり、強情ぱり、理屈屋、お人好し、どんな子もお話が大好きで主人公と一体になって心の体験を味わいます。

昔も今も子どもの本質は変わらないはずです。

面白く、はっきりとわかりやすく、筋道が立っていて、スリル・リズム・ユーモア……児童文学に大切なすべてが完備した見事な童話集であると私は驚き、大きな感銘を受けました。

「さびしいクリスマス」には涙があふれました。決して感傷ではありません。最愛の我が子を亡くした女性が悲しみのどん底から立ち上がった強靭な愛情の力に私は感極まったのです。

村岡花子さんありがとうございました。


（なかがわ・りえこ／児童文学作家）

＊掲載にあたっては、かな遣いを現代かな遣いに、常用漢字は新字体にあらため、明らかな誤字・脱字については正し、適宜ふりがな、おくりがなを補いました。また、原文を損わない範囲で一部の漢字をかなに改めました。
＊また本文中、今日の観点から見て差別的と受け取られかねない表現がありますが、作品発表当時の時代背景を考慮し、原文どおりといたしました。
＊一九四一年（昭和一六）、鶴書房から同名の書籍が刊行されておりました。本書は、村岡花子の一〇冊の童話集から新たに編集・構成したものです。

（編集部）

著者紹介

村岡花子（むらおか・はなこ）

一八九三年（明治二六）〜一九六八年（昭和四三）山梨県甲府市生まれ。東洋英和女学校卒業。歌人、佐佐木信綱主宰の竹柏会所属。山梨英和女学校の英語教師、銀座・教文館の編集者を経て、児童文学の創作や英米文学の翻訳の道に進む。主な著書・訳書に、童話集『桃色のたまご』『たんぽぽの目』ほか、マーク・トウェイン『王子と乞食』、E・ポーター『少女パレアナ』、パール・バック『母の肖像』、C・ディケンズ『クリスマス・キャロル』、ウィーダ『フランダースの犬』など多数。『赤毛のアン』をはじめとするアン・シリーズの翻訳は代表作である。少女雑誌、婦人誌でも評論家として活躍。戦前にはJOAKラジオ番組「子供の新聞」を担当し、ラジオのおばさんとしても親しまれた。

村岡花子童話集
たんぽぽの目

二〇一四年七月三〇日　初版発行
二〇一四年九月二〇日　7刷発行

文　村岡花子
絵　高畠那生
装幀・デザイン　名久井直子
発行者　小野寺優
発行所　河出書房新社
東京都渋谷区千駄ヶ谷二-三二-二
電話　〇三-三四〇四-一二〇一（営業）
〇三-三四〇四-八六一一（編集）
http://www.kawade.co.jp/
組版　株式会社キャップス
印刷　凸版印刷株式会社
製本　加藤製本株式会社
Printed in Japan
ISBN978-4-309-27512-3